目次◆生きたい彼　死にたい私
——響き合う二つの命

生きたい彼　死にたい私

――響き合う二つの命

プロローグ

一度だけ、永遠を願ったことがあった。

そのことは、誰も知らない。


町はずれの月極駐車場。劇団の舞台で使う小さな冷蔵庫を、ホースの水をひっぱり、ガシガシと洗ったあの日。

まだ三月のはじめだというのに、太陽の光は痛いほどまぶしく、光量を間違えたスポットライトのように、私たちを優しく包み込んでいた。

額には汗がにじみ、私はたくしあげた袖でぬぐっては、スポンジで、ドアに付いた油汚れを何度もこする。

彼は、その様子をガードレールに腰掛け、のんきそうに眺めながら、私の作ったお弁当のイカの唐揚げを指でつまんで、ひょいと口に入れた。

生きることが、死ぬほど苦しい――。

十七歳――。子どもの頃から家庭で精神的虐待を受け、自分を「世界で一番いらない人間」だと思っていた私は、やがて心の病気を患い、日々、いつ死を選んでもおかしくないタイトロープの上にいた。

一九九六年、なんとか生きている理由をみつけたくて、たまたま団員を募集していた劇団に入った。そこで、「彼」に出会ったのだ。

八歳年上の彼は、無精ひげにリーゼント、レザージャケットにサングラス。筋肉の付いたガタイで肩で風を切って歩くそのガラの悪さに、はじめて稽古場を訪れた私は、正直引いた。

何をするにも豪快な人だった。

声は人一倍大きく、態度はさらにでかい。

いつも、がははと破顔していて、やがて慣れてくると、すぐに暗くなりがちな私の頭を、大型犬にするようにわしゃわしゃとなでた。

だけど、そんな彼が、その容貌からは想像もつかない重荷を抱えていたと知ったのは、出会いから半年くらい経ってからのこと。

「生まれつきの重い心臓病」。

着替えの合間に見た胸元には、ケロイド状の手術の傷跡が痛々しく残っていた。


その瞬間、思った。

神様は、不公平だ。

死にたいのに、死ねない私。

きっと、生きたいだろうに、いつ、「その日」が訪れるかわからない彼。


それでも、彼は、そんな運命をものともせず、何をするにも無我夢中、いつもあっけらかんとして見えた。

医療の道へ進み、やがて出会った「認知症のお年寄り」「心臓病・発達障害の子ども」「心の病気を抱える人」「その周りにいる人」、あらゆる生きることが難しい人たちに、器用とはいえない手を差し伸べる。

その手に触れた患者じゃないけれど、私には想像することができた。彼の精気に満ちた笑顔は、生きる力になるだろうと。

時折、私の頭に乗せられた、あの手の平がそうであったように。

いつも、劇団の座長と三人で安飲み屋にいりびたり、彼と私だけ、しこたま酔って、真夜中の道路に大の字に寝転がっていびきをかきはじめたこともあった。


「しょーがないやつ」


自分のことは棚に上げるけど、それが、彼に対する印象だった。

無茶苦茶なのだけど、どこか憎めない。

私は、まるで「お兄ちゃん」のように、彼を慕い、彼も、妹のように、扱いづらい私を「しょーがないやつ」と受け取っていたのだと感じる。

私は、自分は死にたいくせに、彼には死なないでほしいと思っていた。

泣きたいほどに思っていた。

彼の語る話は、いつも面白くて、病院で出会った、さまざまな「愛おしき、しょーがない人たち」のエピソードにことかかなかった。

それは、不思議と私に優しい気持ちを与えてくれた。

たとえば、もう八十歳を超えているのに、二十歳以上も年下の男性と歳の差恋愛をしている老齢カップル。

元軍人同士、ケンカをしながら病院の将棋クラブで将棋を打つ、実は仲がよさそうなおじいちゃん三人。

入院しているのがイヤで、面会時間の隙を縫って、逃げ出そうとする患者たちと医療スタッフとのバトル。

みんな、ただひたむきに生きているだけなのに、どこかほほ笑ましい。

きっと、それは、その人たちを見つめる彼の心が、ああ見えてあたたかいからだ。

彼は、そういう人たちの話を、会うたび、心底愛しそうにしゃべった。

大袈裟《おおげさ》に身振り手振りで語る彼の顔を見るのが、私は好きだった。いつもはネガティブな私だけど、気が付けば癒され、笑ってた。

命は、平等ではない——と、私は思う。

生きたいのに、早くして死んでしまう命。

突然、断ち切られる命。
かと思えば、死を求める中、引き止められる命。
大切な人の死に目に会える人、会えない人。
悔しいけど、誰にも文句は言えない。
それでも——私たちは生きていく。

この本は、そんな、ギリギリの命を抱える「しょーがない」彼自身と、彼が出会ってきた、真冬の夜の自動販売機の明かりのような、あたたかい人生たちのノンフィクションである。

十七歳の風俗嬢

『生きるんやで』と、彼は言った。

私は、涙を飲み込みながら、何度もうなずく。

はじめて私が彼に、ずっとひとりで抱え続けてきた痛みを打ち明けた、十七歳の時のことだ。

三軒もはしごした居酒屋からの帰り道。自宅近くのバス停にとめた車の中で、東の空が容赦なく白んでいくのを、胸が張り裂けそうなほど名残惜しい気持ちで眺めていた。

私は、絞り出すように、「家に帰りたくない」とつぶやいた。

家に帰ったら、また、いつもの繰り返し。息を殺して、生きるだけの日々が待っている。

作り物の貼りつけの笑顔の自分でいなければならない。

劇団に――いや、彼といる時だけが、私が、私らしくいられる瞬間だった。

彼は、もう慣れたように、私の頭に手をやると、わしゃわしゃとなでる。

『明日な』

もう「今日」なのだけど、彼は、そう言って、ふっと軽く息を吐く。

『仕事をして、めし食って、くそして、また仕事をしたら迎えに来るわ。稽古に行こう』

夜通しコンタクトをつけすぎて、少し充血した彼の目に、泣き出しそうな私が映っている。私はしぶしぶ首を縦に振る。

『……わかった』

満足そうに、彼はうなずいた。

私は、ちょっとすねたふうに、憎まれ口をたたく。

『でも、くそは出ないよ。私、便秘だから』

彼は、笑った。

『きばれ』

それは、トイレのようにも、人生のようにも聞こえた。

＊

一九七九年。私は、大阪の都会でも田舎でもない私鉄の沿線の街に、長女として生まれた。お正月ムードも明けつつある、水たまりも凍る寒い日だった。

「思っていたより、ずっとかわいい子だ……」

母親は、新生児室で眠る私を見て、そう愛しさがこみあげたという。

少し突き出たおでこにも、耳たぶにも、細い髪の先にさえも、さっきまで羊水に浸かってふやけた感じが残っていた。私は握りしめていた手を開き、さそうように細い指を折りたたんだ。

だけど、私が父親から最初に聞いたのは、祝福でも、愛の言葉でもなく、深い落胆のため息だった。男の子を望んでいた父親は、私が女であること、しかも、自分が嫌いな実妹に似ていることに、心の底から幻滅していた。

「ろくなもんにはならん」

言葉がわかるのか、私は、まるで間違ってこの世に生まれ落ちた不満を誰かに訴えるかのように、顔を真っ赤にして泣き声を上げた。

エリートサラリーマンの父親と専業主婦の母親。外から見ればふつうの――いや、むしろ恵まれた家庭にうつったことと思う。だけど、その内側では、家族は今にも壊れそうな危ういバランスを必死で保っていた。

父親は、育児の一切を手伝わなかった。それどころか、夜泣きをする私を「うるさい！」と怒鳴りつけ、母親は、父親の眠りをさまたげないよう、私をおぶって夜の街をさまよい歩いた。

怖いくらい静かな住宅街に、時折、回送電車の線路をこする音だけが響く。むなしく、悲しかった。

「なんでなんやろうなあ……」と、つぶやいては、一人、泣いた。

さらに、物心ついた頃から、父親は、私の一挙手一投足を否定し続けるようになった。

「こんなこともできへんのか」

「ほんまに俺の子か」

小学生時代、テストで九九点を取り、褒めてもらえると思い見せると、

「なんで、一〇〇点じゃないんや！」

と、怒鳴られた。

やっと、一〇〇点を取り、今度こそ、認めてもらえると駆けつけると、

「一〇〇点なんて、あたりまえや。それくらいで情けない！」

と、さらに叱られる。

厳しい言葉を投げかけられるたび、胸がちぎれそうなほど傷ついたけれど、どこかで私は、自分自身を責めていた。

「悲しむ資格は私にはない。できない私が悪いんだ」――。

母親は、そんな父親の行いを止めることをしなかった。泣いて謝るか、貝のように口を閉ざして、その時が過ぎるのを待った。

その姿は、父親の言葉を「正しい」と認めたことと同じだった。


私が小学五年生になった時、十歳年の離れた弟が誕生した。体の弱かった私とは違って、健康そうな天使の笑顔を周りに振りまいた。桜のつぼみがほころびはじめ、世界に新しい色を付けくわえた。

弟からは、ミルクと同じ柔らかなにおいがした。「愛されているにおい」だと思った。

父親は、念願の男の子に、掌中の珠のように愛を注いだ。

もう、私を見ることは、二度となかった。

少しの寂しさを感じつつも、どこかでほっとした。これで、父親を怒らせないですむ。母親を泣かせないですむ。

私の、「子ども」としての役割は、お役御免なのだと。

部屋の窓から、仲睦《むつ》まじそうに、三人で出かけていく後ろ姿を眺める。その中に、入り込む余地はなかった。

自分はもう家族じゃないんだと、胸が痛んだけれどしかたなかった。

なぜなら、私は「できそこない」なのだから――。


父親は、私が弟の姉であることを、けっして認めようとしなかった。

ある時のことだ。夕食の席で、父親はいつものようにお酒を飲んでいた。

中学生になったばかりの私の隣には、まだ三歳の弟。弟は慣れない手つきでスプーンを持ち、ごはんを食べていた。

だけど、うまくスプーンを使えず、つい犬食いのようになる。私は、やんわりと弟を注意した。

「ちゃんと食べなきゃだめでしょ」

かつて、自分がそれで父親に叱られたことがあったからだ。弟も同じ目にあってはいけない。

ところが、それを見た父親は、持っていたとっくりを、ガンと机に叩きつけると私に対して声を荒らげた。

「おまえにそんなことを言う資格はない！　失敗作のくせに！」

目の前が真っ白になった。

私は言葉を失い、涙を飲み込むと部屋に駆け込んだ。すすり泣く声がいつまでも聞こえたと後に母親から聞いたけれど、その時の記憶は、私の中には、ケシゴムで消したようにまったくない。私は、この頃から、つらい記憶を乖離させることで、なんとか生き延びていた。

そんなことが重なり、私の心は日に日に病んでいった。

思春期を迎えると、自分がなんで生きているのかわからず、リストカットをするようになった。

はじめはハサミだった。左腕に刃をぎゅうと押し当て、力を入れて引いてみる。その瞬間、ちくりとした痛みが走り、しばらくすると血があふれ出した。

それを見て、私の心は、言いようのない安堵《あんど》に包まれた。

「こんなだめな私にも、赤い血が流れている」

「私は、たしかに生きていて、こんなにも傷ついている」

やがて市販の頭痛薬を一気飲みするようになり、髪を突然ハサミで切り刻んだり、「死にたい！」と叫んでは、家の中で暴れた。止めに入った母親の腕に嚙みつき、むやみやたらと家具を蹴った。

どこかで期待していた。

そんな私を両親が受け止めてくれることを。

「ごめんね。本当はあなたも愛してるからね」

そうホームドラマのように抱きしめてくれることを。

だけど、泣きわめく私の腕を父親は摑《つか》んで、風呂場に連れて行った。

湯を張った浴槽に私の顔を無理やり沈め、上からシャワーをかける。そして、言い放った。

「そんなに死にたいなら、今すぐ死ね！」

自分が、この世に「いらない人間」なのだと思ったのは、この頃からだ。

＊

『おう、ちゃんと起きれたか』

夜になり、彼が私のアルバイト先の喫茶店に車をつけた。聞けば、あのあとまったく寝ずに仕事に向かったのだと言う。コンタクトをつけっぱなしの目は、さらに充血していた。

私は三時間ばかり仮眠を取り、昼のランチタイムからバイトをしていた。途中、馴染みの客にお愛想でくどかれ、ありがたいことに、ホットケーキをごちそうになった。育ち盛り。食べることは何より好きだった。

そんなふうに無心に食べる私を見て、常連客は嬉しそうにほほ笑んだ。そして、「今度、デートしようよ。もっと美味しいものを食べさせてあげる」と、誘った。珍しいことではなかった。

『今日は、ストーカーご一向様はおらへんのか？』

冗談めかして、彼が聞く。

私は、頬をふくらませると、

『そんな、いつでも現れるもんとちゃうよ』

と、助手席に体をすべりこませた。ちらりと後ろを振り向く。本当に今日は、どこにも私を待っている客の姿はなく、胸をなでおろす。

『おまえは、誤解させやすいからなあ』

その歯に衣着せぬ言葉に、言い返す余地はなかった。

私は、つい、相手が男性だと、本能的に好かれようといい顔をしてしまう。おそらく、父親に愛されなかった経験からだろう。

しかも、その表現が性的なアプローチに感じられることが多く、相手をその気にさせてしまう悪いくせがあった。

例外が、劇団のメンバーだけ。

『こんなチチくさいのん、どこがええんやろな』

そんな無礼極まりない言葉も、どこか嬉しかった。女扱いしない彼に信頼を感じた。

＊

高校生になった私は、父親の望む高校に入れず、家庭にまったく居場所がなくなってしまった。

その上、学校でいじめを受けた。

はじまりは、教師の私をさげすむ一言だった。進学校だったそこで、茶色い髪の私は浮いていた。教師はそんな私をつるし上げ、それを見た生徒たちは、「この人間は、いじめてもいい人間だ」と認識した。

あからさまに無視され、かと思えば、いなくなった私の背後で、嘲笑《ちょうしょう》が聞こえる。

孤独だった。孤独で、みじめだった。

特に私を目の敵にする教師の授業は出るのが怖くて、トイレの個室で四十五分、息を殺して隠れていたこともあった。

当時の私にとって、世界のすべてである、家と学校。その両方に、私は生きる場所をみつけだせなかった。うまく息ができず、学校が始まる時間になると、過呼吸に苛《さいな》まれた。

折あしく、私の顔には、ひどいニキビが広がった。はじめてできた彼氏も離れていき、すれ違いざまの父親に「気持ち悪いな」と言われる。

私は、自分が人に嫌われるのは、すべてニキビのせいだと思い込んだ。

薬局の薬も、病院も、漢方薬も効かない。そこで、エステに行ってみたいと思うようになった。だけど、お金がとうてい足りない。

追い詰められた私は、援助交際をしようと決意した。

出会い系の伝言ダイヤルにメッセージを吹き込み、約束をとりつける。指定された繁華街のロータリーに行くと、モスグリーンのオープンカーの前で、見知らぬ男性が手をあげていた。

三十代前後だろうか。男性の頭は禿《は》げ上がり、脂が浮いていた。

「今から、この人に体を売る」――。

だけど、私には、恐怖心も嫌悪感もまったくなかった。

あの家で生活する以上に怖いものなんて、何もない。

むしろ、このニキビを気持ち悪いと思われてはと不安だった。

真っ昼間のラブホテルの中、部屋の明かりを極限まで消して、男性は私の服を脱がせた。ベッドに寝かせ、体をなでる。

はじめて出会った男性は、「きれいだね」と、ささやいた。

「かわいいよ」

「いとしいよ」

まるで、宝物に触れるかのように、私を抱いた。

その瞬間、思った。

「私は、今、愛されている」

「必要とされている」

だから、生きていてもいい――。

私にはじめてぬくもりをくれたのは、家族でも恋人でもなく、見ず知らずの援助交際の相手だった。

その人とは、何度か会い、体を重ねた。だけど、ある時、母親にばれ、問い詰められた。もう、相手の男性にも「二度と会わないように」と電話をしたのだという。

「なんで、そんなよけいなことしたん！」

せっかく手に入れた安定をもぎとられたと、自分勝手に母親を恨んだ。これまで、母親を味方だと思ったことはなかった。だけど、足を引っ張るようなことはしないと信じていた。それが、裏切られた。

このままここにいたら、私はどうにかなってしまう――。

私は、着の身着のままで家を飛び出し、隣の県まで逃げて、年をごまかして風俗で働くようになった。

寮という名目でワンルームマンションの一室が与えられ、生まれて初めて、私は息をして生活できるようになった。

同僚の女性の家で生まれたという子猫をもらい受け、「ジュニア」と名付けて、ともに暮らした。実家で飼っていた猫とどこか似ていて、その子の子どものように感じたからだ。

両親をどれだけ憎んでも、家を捨てても、寂しさがまったくないといったらうそになる。その心細さを猫は癒してくれた。

性に依存していた私は、客に求められることが嬉しくて、必死で働いているうちに、ナンバーワンに上り詰めた。毎日、誰よりも高く指名数のシールが貼られる控室のグラフ。「自分の生きる場所はここなんだ」と、胸を熱くした。

仕事帰り、ナンバーツーである、お姉さん的存在の女性と、深夜のファミリーレストランで食事をする。レストランには、同じように夜の仕事をする女性たちや、それをナンパしようと狙う男性たち。欲望にまみれた視線が無遠慮に行きかっていた。

私たちが話すことは、いつもたわいないことばかりだった。変わった客の笑い話。従業員のうわさ話。私は、学生時代味わえなかった青春を、もう一度、やりなおせているような気がして、心が浮き立った。

一生、この生ぬるい街で、風俗嬢として生きていけたら、どれほどしあわせだろうと、つかの間の淡い膜に包まれている感覚に心癒された。


ところが、そんな日々は長くは続かなかった。店に警察の摘発が入るといううわさが流れたのだ。

「未成年の私がいたら、店に迷惑がかかる」

私は、恐れ、誰にも言わずに姿を消すことを決めた。だけど、それに勘づいたナンバーツーの女性が、私を問い詰めた。

「何か、あったん?」

ごまかすことはゆるされない、まっすぐな視線だった。

悩みつつも、私は彼女にだけは本当のことを話した。そして、打ち明けた以上、明日はここにはいられないと覚悟を決めた。

彼女はその思いを察すると言った。

「あんた、誰にも言わずに消えようと思ってるやろ」

私の言葉が詰まる。

「そんなんあかん。世話になった店長に、ちゃんとお礼を言うのが筋ってもんやろう？」

そう言うと、彼女は、私をその足で店長室へ引っ張って行った。帳簿をつけていた店長が、きょとんと顔をあげる。

私は、恐怖心からまったく言葉が出なくなった。私に代わり、彼女がことの顛末《てんまつ》を打ち明ける。

こわかった。どんな罵声《ばせい》を浴びせられるのかと足を震わせていたら、店長は、その瞬間、爆笑した。

「全然気づかんかったわ。自分、老けてるなあ」

父親には怒られ続けていた私が、笑って受け入れられたことに驚いた。ほっとして涙が溢《あふ》れる。店長は言った。

「家に帰れるなら、帰ったほうがええ。でも、もしどうしてもうまくいかへんかったら、十八歳になったら戻っておいで」

その言葉に背中を押され、私はおそるおそる実家に戻った。一年余りの家出だった。

そして、やはりうまくいかなかった家の中で、だけど、十八歳になる前に、劇団という居場所と出会えた。

劇団に入ってからも、男性に異常なほど依存してしまう私は、同じように、彼に対しても、最初のうちは「女」としてふるまっていた気がする。女であることでしか、自分を受け入れてもらう方法を知らなかった。

だけど、八歳も年上の彼は、まだ子どもの延長のような私を歯牙にもかけなかった。私はむきになった。

「色気出して、出直してこいや」

彼はいつも、そう笑っていた。

くやしかった。こう見えても、元ナンバーワンなのに。

それでも、しつこくしていたら、私を送り届ける帰り道、彼は、珍しく真面目な顔をして言った。

「俺は、やめたほうがええ」

「なんで!」

私が、食い下がる。

「おまえが、いい女になれるまで、おれるかどうかわからへんしな」

だからなんで、と聞く前に彼はぴしりと続けた。

「おまえには、あかん」

しわくちゃの目を優しく細める。

意味がわからず、はぐらかされたと思った私は、「じじいやもんねー！」と、憎まれ口をたたいた。彼は楽し気に爆笑する。

そうしているうちに、まるで本当のお兄ちゃんのように、困ったちゃんの私に裏表なく接してくれる彼に、私は、少しずつ、人として心を開くようになっていった。

私は、こんな兄妹のような関係も、男と女の間にあるのだと知った。

今なら思う。
私は、彼を恋人にしたいわけじゃなかった。
彼という、はじめて性とは関係なく優しくしてくれた人間を、
一生、そばにおいておきたくて、
それをするためには、恋愛関係しかないのだと、

性依存の中にいた私は思い込んでいた。

「家族」
そんな、無償の愛が、世の中には存在するのだと、
私は、知ることなく育ったから。

やがて、劇団でともに時間を過ごすうちに、
彼は、本当に私を大切にしてくれているのだと気づいた。

妹のように扱い、
溺愛する兄のように、
私から、悪い虫を遠ざけた。
テレビの特撮ヒーローのように、ばったばったたと。

私は、少しずつ、
自分が、「性の対象」でなくても、

受け入れられることに気づいていった。

彼と、家族のように、
ずっと、一緒にいたかった。

十七年間、生きてきて、
はじめて生まれた、切なる願いだった。

私たちは、毎日、一緒にバカをやった。
公演を打つたび、「もっとも役に立たない二人組」と、座長から叱られながらも、それが、かつて家庭で受けた冷たいものとはまったく違う、愛のあるものだとかみしめ嬉しかった。
彼は、どれだけ怒られても、いつも、がははとおかしそうに笑っていた。
「なんじゃ、こいつ」と思いながら、私も隣で、がははと笑った。

二十歳まで生きられない

もしも、ヒーローがいるとしたら、私にとって、それは彼だった。

私より八つも年上のおっさんだけど、おバカだけど、大酒飲みだけど。

彼が、そこにいるだけで、モノクロの景色が、夏の空のように立体的に輝いて見えた。

だけど、そうお気楽に受け止めていられたのは、半年ほどのことだった。

やがて、聞かされた。

彼が医師から宣告されていた、重い重い一言を。

〝きみは、二十歳まで生きられない――〟

一九七一年。彼は、一八〇〇グラムの未熟児として、この世に生を受けた。

産声を上げると同時に、両親が顔を見る間もなく保育器に入れられる。手足は折れそうなほど細く、まぶたは雛鳥のそれのように重く閉じられていた。

「覚悟しておいてください」

我が子を抱くこともできない両親の前で、医師は自分こそ覚悟を決めたように息を吸い込むと、そう告げた。

普段は楽天的なのが取り柄の母親から、大粒の涙がこぼれ落ちる。父親は、眉根をぎゅっと寄せて、じっと、生まれたばかりの小さな命をみつめていた。

それでも――

彼は力ない声で、自分の存在を、懸命に伝えていた。

「あ……あ……」

泣き声とも取れないかぼそい「音」。

ガラス越しの母親は、耐え切れず、くっと喉から声をもらす。まだ二十二歳。待ち望んでいた「しあわせ」の真逆を受け止めるには、あまりにも若かった。

だけど、彼女は負けなかった。噛みしめすぎて荒れた唇をまた噛むと、「絶対、生かす」と、鼻水交じりの涙をぐいとぬぐった。

ところが、彼に降りかかった不幸はそれだけでは終わらなかった。

「幽門《ゆうもん》狭窄症《きょうさくしょう》」という胃の出口が狭くなる病気にかかっており、おっぱいを飲んでも、すぐさま噴水のようにそれを吐き出した。何度、繰り返しても、飲み下すことができない。

体重はみるみる減り、やせ細っていった。

ようやくその手に抱けた彼の体は、紙のように軽かった。

覚悟はしていても、こらえきれない涙が、母親のあごを伝った。

それでも、毎日、その腕に包みこみ、飲めない我が子に乳房を必死であてがった。


——彼は生きた。


両親と医師、看護師の手厚い看護により、彼は、奇跡的にも一命を取り留めた。

入院先が、設備の整った国立病院だったのがよかったのかもしれない。

当初、地元の小さな病院で産むはずの子だったが、父親の転勤により、引っ越した。その先々で入院をこばまれ、残ったのが、この病院だったのだ。

＊

「思えば、あれは、私のファインプレーやったわ」

成長した彼に、母親は得意げにそう告げたという。

「国立病院やなかったら、あんたは確実に死んどってん。あんた、運、ええわ。私のおかげやろ、これ」

このエピソードは、彼の母親の鉄板自慢話のベストテンに堂々ランクインしている。

彼は、『他人のふんどしで、相撲取るみたいなもんやわな』と、苦笑いで、そんな生い立ちと母親のことを私に話した。

私が劇団に入って半年以上が過ぎた頃の稽古終わり、二人きりで行った居酒屋でのことだ。

喧噪《けんそう》を破るほどの大きな声で、彼はおかしそうに言葉を並べる。

ビールを飲み出すと、彼はほとんどつまみを食べず、そんな思い出話をよくした。

十六歳で家出をし、中学しか卒業していない私は、例えの元となることわざも、よくわからない。

未成年のくせに、カシスソーダをジュースのように飲み干すと、私は悩んだ末、『他人のふんどしは、汚なそうやから、はきたくないなあ』と、とんちんかんな答えを返し、『せやな』と、二人で、うなり、笑った。

＊

枯葉の舞う街路樹の下、我が子を胸に退院できた時、母親は医師たちにはもちろんだが、それだけでなく、何かわからないものに、感謝したい気持ちでいっぱいだったという。

両腕の重みが、たまらなく愛おしかった。

最初の頃は、はれ物に触るような感覚で、毎日を過ごした。むずがって泣けば、慌てて駆け寄って抱きしめ、離乳食を吐き出せば、何が悪かったのだろうと、一晩中思い悩んだ。

だけど、一歳を過ぎる頃には、彼は、少しずつ体に肉もついてきて、ようやく家族を安心させた。

彼が、はじめて言葉を発した時のことを、母親は今でも忘れられないという。

他の子よりずいぶん遅れた、二歳の終わり。この子は、一生話せないのではないかと心配していた時だ。

最初に口にしたのは、あまりに食べないことを心配した母親が必死で語り掛けていた、ごはんを意味する言葉「まんま」。

そして、彼自身の名前「あきら」を意味する「あっちゃーくん」だった。

たった二言。

それでも、両親は、互いの肩をバンバンたたき合って喜んだ。その二言が、まるでこの世界にはじめて生まれた光の新芽のようだった。

そんな彼の毎朝の習慣は、二階の窓辺から顔を出し、「あっちゃーくん！」「あっちゃーくん！」と、繰り返し自分の名前を叫び続けることだった。

目の前の通りは小学校の通学路だ。登校する小学生たちは、その姿を毎日見ていた。

＊

『いつの間にか俺は、みんなのアイドルになってたんやで』

と、彼は居酒屋で鼻を鳴らす。

＊

こんなことがあった。

ある日、母親が家の中を見ると、彼の姿がどこにもない。青ざめた母親は近くを探し回った末、慌てて警察にも捜索願いを出した。

あんなに小さな子。しかも、ほとんど言葉をしゃべれない。どこでどうしているのか。

まさか事故にでもあっていたら――。

心臓が張り裂けそうな思いで祈っていたところ、警察から電話が入った。

「無事ですか?!」

母親が取り乱してたずねる。

すると、なんと彼は、一キロ離れた小学校で、今、まさに給食を食べているのだという。

「大丈夫ですよ。ちゃんと無事です」

警察に状況を説明されて、思わず顔が赤くなった。

そんな小学生たちの騒がしい環境がよかったのか。それとも、ちょうど生まれた妹が、何かのきっかけになったのか。

彼はその頃から、みるみる言葉を話しはじめた。日がな一日、「あんなー！　あんなー！」とうるさいほどに、たわいもないことを語り続ける。

＊

『その光景が目に浮かぶわ』

私は、今まさに、とりとめもなくしゃべり続ける彼を前に、今日、もう八本目になる、つくねをほおばった。ついつい好きなものばかり食べてしまう私のくせだ。

彼は、くだらない話を始めると右に出る者はいなかった。

歩いているときにみかけた、「さんま」という名の居酒屋を見ては、そのお店のメニューを勝手に決めはじめる。

『この店、きっと、さんましかないねんで』

しかも、おかみさんの口癖まで、想像する。

〝枝豆はないわ。さんまやったらあるんやけどなあ〟

〝揚げ出し豆腐はないわ。さんまやったらあるんやけどなあ〟

などなど。

ストーリーを勝手に作って、道すがら延々語り尽くした。笑えない笑いもふんだんに織り交ぜて。

＊

彼は、それからのびのびと育っていった。

彼の生まれた地域は関西の山の中で、彼はそこで入った小学校の上級生たちと一緒に、魚を採ったり、虫を採ったりして、元気いっぱいに過ごした。

あるときは、セミを大量に採り、家の中で豪快に放ち、部屋中をセミの合唱で埋め尽くした。またあるときは、コップいっぱいのカマキリの卵を食卓に置き、一斉にふ化させた。白い赤ちゃんカマキリたちが、朝ごはんののったテーブルの上を縦横無尽に歩きはじめる。のどかな朝に、悲鳴が上がる。

母親は、卒倒寸前で、彼をフライ返しで追い駆け回した。

もしかしたら、今、生きていなかったかもしれない命――。

そう思うと、思わず母親の目頭が熱くなる。だけど、そんなことを忘れてしまえるくらい、毎日は波乱万丈で、泣きたいほど嬉しかった。

とはいえ、困ったこともあった。

彼は、他の子と比べ、異常に落ち着きがなく、学校でのお弁当の時間も、すぐに別のことに気がいって遊んでしまい、食べきることができなかった。残して帰ると、怒られるとわかっていたので、帰り道、こっそり捨てた。

夕ごはんでも、食事を最後まで食べきる集中力がない。

気が付けば、家の中を駆け回り、「走るな！」「暴れるな！」「メシのときはちゃんと座れ！」と、毎日、毎日、父親に怒鳴られていた。

手は焼かされたけれど、生きているだけで上等。

食べないものだから、いつも細っこく、手が付けられないほどやんちゃなくせに、おかっぱの頭とくりくりの目は女の子のようにかわいらしかった。


そんな彼に、一度目の転機が訪れたのは、小学一年生の夏。

学校の心臓検診で異常が見つかり、「再検査」を言い渡されたのだ。

書類を受け取った母親は、ずっと忘れていた「恐怖」の二文字を思い出した。

生まれた時から、体が弱く命の危険にさらされていた我が子。ようやく平穏な生活がやってきたのに、それを奪い去るような何かがあるなんて、想像もしたくなかった。

彼は、近所で一番大きな大学病院で検査をすることになった。

テレビのついた待合室で彼を待たせ、母親は生きた心地がしない思いで、診察室で結果を聞いた。すると、医師の下した診断は、予想していたよりは、まだ軽いものだった。

気が抜け、「神様」と、思わずつぶやく。

もう二度と、あんな涙は流したくない。

そして思う。

これくらいで心乱されないくらい、自分も強くならなければ。こんなになんやかんやあるこの子の親をやっていられるものか。

とはいえ、ほかならぬ心臓のことだ。待合室のソファでジャンプしていた彼を呼び、「暴れたらあかんやろ！」とげんこつをかましてから、彼がショックを受けないように慎重に告げた。

「あんな、あんたの心臓には、小さな穴が開いてるんやって」

彼の目がぎょっと見開く。母親は慌てて付け加えた。

「でも、珍しいことじゃないらしいから。心臓は筋肉でできてるから、運動をすれば、ちゃんと治るらしいからな。心配せんとき」

しかし、母親の気遣いとは裏腹に、彼の心に湧き上がったのは、こんな感情だったという。

「すっげー！　俺、かっけー！」

＊

その反応を教えてもらわなくても、私は容易に当時の彼の心の内が想像できた。

彼は、とにかく単純だ。

大人になった今でも、人とは違うことを、平気で受け入れるところがあった。しかたなしにではなく、むしろ面白そうに自慢げに。

『それから、おかんは、スポコンさながらに、俺に体育会系習い事をさせてきよってん』

『たとえば？』

『えーっと、空手やろ、バスケやろ？　あと、運動教室な』

『そのほうが、死んでしまいそうやわ』

運動音痴な私は、思い描くだけで、げんなりする。

『ま、行きたくないときは、バス代せしめて、ゲーセンで遊んでたけどな』

彼は、鼻からたばこの煙を吐き出し、にかっと笑う。

『訓練にならへんやん』

『帰りのバス代がなくなるから、家まで五キロ走ったからええねん』

『やっぱり、そっちのほうが死にそうやわ』

＊

「運動をすれば、心臓は治る」

そう信じ切っていた彼らをくつがえすできごとが起こったのは、彼が小学校二年生の時だった。

突然だった。親戚のおばさんが心臓病で倒れ、入院したのだ。

母親は、彼と彼の二歳年下の妹を連れて、自宅から車で一時間ほどの病院に慌ててお見舞いに行った。幸いおばさんの症状は重くなく、胸をなでおろした。

そこで、おばさんは彼に言った。

「そういや、あんた、心臓が悪いって医者に言われたんやって？　ここの病院は日本でも有数の心臓専門の病院やから、あんたも診てもらい」

たまたま保険証を持っていたため、急遽、外来で診察を受けることになった。

小児科外来の待合室で、順番が来るのを待つ。

だけど、高かった日が暮れはじめ、あれだけたくさんいた患者たちは、気が付けば、もうほとんどいなくなってしまった。入院患者のスリッパのすれる音が、遠くから聞こえるほど静かだった。

それでなくても、じっとしているのが嫌いな彼。待つことにも飽き、いつも通り、妹にちょっかいを出し、やがて大喧嘩《おおげんか》に発展する。

「うわああ、おにいちゃんが、つねったあ」

泣き声が静まり返った院内に響く。母親に小突かれて、ずきずき痛む頭を押さえていると、ようやく、彼の名前がアナウンスされた。

診察室に入る。まぶしいくらい明るい室内で、恰幅のいい医師が、にこにこしながら出迎えてくれた。そして、待っている間に受けていた血液検査や心電図、レントゲン写真の結果を、母親に説明した。

「ようやく帰れる」と、ほっとする。

「運動もしてたから、すっかり治ってるんちゃうか」と。

だけど、医師は言った。

「これだけでは少し心配だから、もうひとつだけ検査をしようか」

「もうひとつ？」

彼は疲れ切って、くちびるをとがらせるけれど、子ども心を掴んでいる医師はにやりと笑って言った。

「まだ出たばっかりの、最新鋭の検査機やよ」

「最新鋭?!」

その言葉に、ロボットアニメさながらの興奮が走る。気が付けば、彼は元気よくうなずいていた。

喜んだのもつかの間。案内されたのは、気分も落ち込むような薄暗い検査室だった。裸になって仰向けに寝かされ、上半身にジェル状のべたべたとした液体をぬりたくられる。そして、握りこぶしくらいある機械をお腹や胸にコネコネと押しあてられた。

二十分経っても、一時間経っても、その検査は終わらなかった。

それどころか、医師の数が、一人、また一人と増えて、彼を取り囲んだ。

疲れ果てた彼は「もういやだ」と、駄々をこねはじめた。

だけど、医師は、「もうちょっとだから」と、彼をいさめ、検査を続けた。

＊

『そう言うもんだから、人を疑うことを知らない、純粋無垢なあきら少年は、大人の言葉を信じて、〝もうちょっと〟を、ひたすら待っててん』

彼は話すと、その時を思い出すかのように、口をとがらせる。

『でも、いつまで経っても、〝もうちょっと〟は訪れへん。俺は、大人になった今でも、白衣を着た人間の〝ちょっと〟は信じないようにしてるわ』

『根に持つなあ』

私が笑う。

『あたりまえやろ。〝ちょっと痛いですからねー〟って言われて打たれる注射ほど、めちゃくちゃ痛いもんはないからな！』

『たしかに』

注射を同じくらい怖がる私は、強く同意の相槌《あいづち》を打った。

＊

ようやく検査が終わり、疲れきって部屋を出ると、日はとっぷりと暮れ、待合室の光量を落とした電灯が窓に映っていた。妹は、ソファの上で、待ちくたびれて寝息をたてている。こんな一日になるとは、来たときは想像もしていなかった。

しばらく、ソファで足をぶらぶらさせていると、また名前が呼ばれた。母親は、そっと妹を起こす。

誰もいない薄気味悪い廊下を歩いて、検査室に再度入った。

あたりを見回す。電気がつけられ、さっきは気づかなかった見たこともない機械が並んでいるけれど、心浮き立たない。とにかくもう早く帰りたかった。気持ち悪い予感がした。

医師は、今までとはうってかわって真面目な表情で、何か難しいことを母親に話しはじめた。

「なあ、もう帰ろうや！」

彼は、そう言いかけて、母親を見上げた。驚いた。母親は鼻水をたらして泣いていた。ぼたり、ぼたり、と、タイル張りの床にしずくがおちる。

「どうしたん？」

妹も、不安がうつったのか、べそをかきだした。

母親は、思わず怒ったように「表に出て待っとき！」と言い放った。

彼らは、追い出されるかたちで、検査室をあとにした。

検査室の扉にもたれて待っていると、中から、母親が「はい……。はい……」と、力ない返事をしているのが聞こえる。すすり泣く声が、どんどん大きくなっていった。

＊

『思えば、あの時、告知されてたんやろうな……』

そう思い出すように言うと彼は、はたとビールで赤くなった顔で、突然、『告知ーズ！』

とおつまみのチーズをつまようじで刺して、小学生でもいわないような、しょうもないダジャレをかました。

目の前にいる私を沈み込ませないよう、そうしてくれたのかもしれない。

だけど、それだけじゃなかったのだろうと、後になって思う。

彼は、持って行き場のない感情が湧き上がるほどに、くだらないことを言って、苦しみをごまかす人だった。

冗談でその場を和ませることで、自分も不安から逃れる。

彼の心を想像し、私は思わず涙を落とした。

『飲みすぎや、おまえ』

彼は、そう言うと、私の頭を、わしゃわしゃとなでた。嫌がる私のほっぺたを、ぶにっとつまみ、とってつけたように爆笑する。

私たちは、いつもこうだった。

私はすぐに自分の思いでいっぱいいっぱいになって、目の前の人の内に隠れた優しさとか悲しさとか、気づく余裕もなくて——。

テーブルの隅に立てかけてあった紙ナプキンで鼻をかんだ。

彼は、おかわりで頼んだバーボンの氷を指でかき混ぜると、言った。

『俺のせいかなって思うと、どうすれば、出てきたおかんを笑わせられるか、子どもながらに一生懸命、考えた』

＊

チカチカ光る病院の蛍光灯を見上げながら、袖をひっぱる妹に、小さな彼は何も答えず、今にもこぼれ落ちそうになる涙を必死でのみ込んだ。

＊

「先天性《せんてんせい》 修正大血管転位症《しゅうせいだいけっかんてんいしょう》」。
それが、彼に与えられた、正式な病名だった。
生まれつき心臓の構造に異常がある病気の一つだ。
十年生存率は六十四パーセント。
つまり、この病気になった約半数が、大人になれずに命を落とす。
彼の命は、二十歳までもつかどうかと告げられた。

＊

言葉をなくした私に、彼はなんでもないことのようにバーボンをあおり、こう言った。

『ヒーローの必殺技みたいな病名をもらって、すぐに、俺は検査入院することになってん』

『入院するほどの検査やったん……？』

私の表情が曇る。

『なんか、血管を切って、そこから小さなカメラのついた電線のようなものを心臓に入れるっちゅー検査や』

聞いているだけで、あらゆる血管が痛くなる。血の気が引く思いで、話の続きを待った。

『この検査を受けるだけでも、死亡率が何パーセントかはあるらしくって、おかんとおやじからしたら、〝死ぬかもしれない、すさまじく大変な検査〟やと思ったみたいや』

『そりゃ、そうやろ……』

止まっていた涙が、また出そうになる。彼は、そんな私を指さすと、

『おかんもや。おかんも、そんなふうに、ずっと号泣してて、俺が、〝おかん、どうしたん？〟〝おかん、どうしたん？〟って繰り返し聞いても、おかんは、〝なんでもない〟って同じ返事をするばかりやったわ』

＊

翌日になると、親戚たちがお見舞いにやってきて、病室は満員電車のようになった。親戚がこんなに集まるなんて、お正月以外にない。しかも、みんなが自分を励ましてくれる。

彼は、「な、なんや、お祭りでも始まるのか！　楽しげなことが始まるんやな。ぐっしっし」と期待を膨らませていたという。

やがて、面会時間も終わり、両親を含め、みんな、帰ることになった。はじめての入院。どれだけ心細い思いをすることかと、母親は胸を痛めていたけれど、予想を裏切るのが、いつも彼だ。

同室の心臓病仲間たちは、小児病棟なので、子どもばかりだった。その子たちがいるから寂しくない――わけではなく、彼は、その子たちの持っているおもちゃに釘付けになった。

みんな、もっと幼い時から心臓病を患っている。だから、親たちは、少しでも悲しい思いをさせないよう、高価なおもちゃをおしげもなく与えていたのだ。

彼は、普段、おもちゃなんて、めったに買ってもらえない。

二時間ねばって、わずか十円のめんこを手にする生活をしていた彼にとって、その子たちの持つ数万円はくだらないだろうおもちゃは、未知の世界だった。

「それ、おもしろいん?!」

彼は、鼻息を荒くしてたずねる。

だけど、みんな、たいして面白そうでもない顔で「使いたいなら、貸してあげるよ」と、いともあっさり、高級おもちゃを手放した。

そうなれば、彼がおとなしくしているわけがない。借りたばかりの仮面ライダーのバイクを、病院の廊下の端から端までびゅんびゅん走らせる。レバーを引くとレールをすべるスーパーカーを、飽きもせず、何回も回らせた。

天国だった。

やがて看護師に叱られ、彼はしぶしぶベッドに入ったものの、翌朝も、普段はないほど早起きして、おもちゃ遊びに熱中した。

朝の面会時間が訪れ、母親が病室にやってきた。

だけど、ベッドに彼がいない。

とっさに不安が押し寄せる。彼の顔が見られないだけで、悪い想像が頭をもたげた。振り払って思う。だめだ、だめだ。自分は強くなるのだから。

「きっと、トイレにでも行ってるんやろう」と、なんとか心を落ち着かせると、母親は、かたわらのイスに腰を下ろした。

ベッドの上には、脱ぎ散らかしたくつしたが投げ出されている。いつもなら、雷を落とす準備をする母親も、そんな気にはならず、ていねいに揃え、かばんにしまった。

「ごめんな……丈夫に産んであげられんくて……」

思わず口にした、その時だった。

両手に、スーパーカーと仮面ライダーを持った彼が、駆け込んできた。

「おかん、来てたん？」

いつもどおりの彼の元気そうな姿に、冷えていた心があたたまる。

母親はほほ笑むと、彼の頭をなでた。

「それ、どうしたん？　貸してもろたんか？」

すると、彼は、満面の笑みで、こう答えた。

「うん！　俺、めっちゃ、楽しい！」

見ると、彼の目頭に、まだ目やにがついている。顔も洗わず、遊んでいたのだろう。

母親は、そっと目やにをぬぐう。

「大丈夫やったか？」

そう母親は、心配そうに、彼を気遣った。だけど、彼は母親を一瞥《いちべつ》すると、「あー、大丈夫ー」と、またおもちゃに戻り、母親をなおざりにする。

母親とおもちゃとの天秤は、完全におもちゃに傾いていた。

母親も、もう笑うしかなかった。


いよいよ検査の日がやってきた。

検査と聞いて、軽い気持ちでいた彼は、その日、看護師にたたき起こされ、ピーマンよりも、毛虫よりも嫌いな、注射をぶすりと打たれた。

とたんに病室に泣き声が響く。

注射は、彼にとって、鬼門中の鬼門。小学校の予防接種も、医師や看護師との強烈な鬼ごっこの末、逃げ切ったことなど、一度や二度ではない。

だけど、今回は通用しなかった。泣き叫び、暴れまくる彼を、数人の看護師たちが力任せに押さえつける。彼は全く抵抗できず、わずか小学二年生で、大人でも弱音を吐くほどの痛みと恐怖を味わった。

ストレッチャーに乗せられ、運ばれる。面会に来た両親は、「頑張りや！」「終わったら、デパートの屋上、連れてったるさかいな！」と、泣き枯れた声で、だけど笑みを絶やさず、何度も繰り返した。

やがて彼は、全身麻酔がきき、意識を失った。

いつもは騒がしい彼が、もう二度と話すことなどできないのではないかというほど、静かな眠りだった。

目が覚めたのは、みんなの心配を乗り越え、無事検査が終わったあとだった。

母親が、必死の形相で、彼の名前を叫んでいた。普段は寡黙な父親も、聞いたこともないような喉をつぶした声で、彼の名前を繰り返す。

ぼんやりとしながら、彼がうすく目を開けると、そこはビニールテントのような場所だった。何が起こっているのかわからず、戸惑った。見ると、母親も父親も、目に涙をためている。

ゆっくりと、自分の身に降りかかったことが思い出されてきた。

注射。恐ろしい顔の看護師。検査器具の金属的な音。薄れていく意識――。胸がまた震えた。

それでも、「もう、こわいことは終わったんだ」という思いが一気に押し寄せ、彼も、顔をぐしゃぐしゃにして泣いた。

それから数日後、動けるようになってからは、毎日がパラダイスだった。使っても使っても、また出てくる、仲間たちの新しいおもちゃ。彼は、いつもそれを借り、日がな一日、大騒ぎで、遊び続けた。勉強をしなくていい。母親に小言を言われることも、父親に怒られることもない。これほどのしあわせがあるだろうか。

入院初日から二週間が経ち、彼は、退院することが決まった。冷たい初冬の風が吹き、小さな彼の頬をかすめた。母親も妹も、機嫌よさそうに笑っている。

「デパート、久しぶりや！」

妹が、スキップを踏んではしゃぐ。

彼は、おもちゃに後ろ髪をひかれながら、だけど、また家族と一緒にいられる喜びをかみしめた。

＊

『そんなに小さかったのに、心の傷にならへんかったん……？』

私が同情して言うと、彼は、にかっと笑った。

『んー、楽しかった！』

けろっと言う。

そこには、強がっている様子はみじんもなかった。

彼はいつもそんなふうに、目の前の不幸すら、深く考えず受け入れてしまえる人だった。

身に降りかかる何もかもを、悪く受け取る私とは相反して。

とはいえ、簡単には納得がいかず、私は重ねてたずねる。

『でも、病気なんか何もなく、住み慣れた家で、しあわせいっぱいでいたかったやろう？』

彼は、ぽりぽりと顎《あご》を掻《か》くと、やっぱり、無防備にほほ笑んだ。

『しあわせなんてなあ、どこで何をしてても、案外みつけられるもんなんやで』


「重い心臓病を患った、かわいそうな子」

彼のことを世間が見たら、そう思うだろうか？

私も、もしかしたら、
彼じゃない人から、こんな話を聞いたら、
耐え切れず、沈み込んでしまっていたかもしれない。

「こんなに小さな子どもが頑張っているのに、
私は何を人生に弱音を吐いているのだろうか」と、
自分に腹を立てただろう。

彼は、この後も、
幾重にも張り巡らされた困難におそわれる。

だけど、それを乗り越えていこうとできたのは、
彼が、人よりも強いわけでも、
けなげなわけでもなくて、
ただただ「単純」なだけだったのなら、

私は救われる。
痛みや悲しみが立ちふさがっても、
その先にある「楽しい」に
心を奪われてくれていたのなら――。
小さな彼は、私の「生きる先生」だ。
そうして、日常に戻った彼はまた、魚を採り、虫を採り、木に登っては蜂に追いかけられた。
はかないと決められた命を他人事のように、彼は日々の笑顔を拾い集め、人生を駆け抜けた。

悲鳴を上げる心臓

「二十歳までは生きられない」

そう子どもの頃に主治医から宣告を受けていた彼は、その日から、生きた心地がしないまま、こわごわ歳を重ねた――わけではなかった。

小学校、中学校、高校と、人一倍はしゃぎまわって過ごし、やがて頭は金髪、パンクバンドまで結成して学園祭をにぎわせた。

「どうせ体が悪いんや。それなら、同じような体の悪い人に関わる仕事をしよう！ でも頭も悪いしな……医者は無理やな」

そう早々に見切りをつけると、卒業後の専門学校は手に負えそうな医療関連のところを選び、なんとはるばるアメリカまで留学したのだ。英語も「ディス イズ ア ペン」くらいしかしゃべれない中、見知らぬ土地で出会った人たちと、はめをはずして遊びまわる日々を楽しんだ。

心臓病の「し」の字もない生活。

やがて、タイムリミットだった二十歳の誕生日は、あきれるほどあっさりと過ぎ去り、彼は、二十一歳になっていた。

「今日も元気だ。たばこがうまい！」

そう言っては、一時間で灰皿が山盛りになるほど、たばこを吸う。

毎日、浴びるようにお酒を飲む。

夜更かしは当たり前。

徹夜で繁華街に繰り出したり、およそ病人とは思えない悪行の数々を盛りだくさんに重ねていた。


幼い頃、主治医に言われていたことがある。

「あのね、あきらくんの心臓は、軽自動車のエンジンみたいなものなんやよ。子どもの今は大丈夫やけど、大人になったら、軽自動車並みのエンジンでトラックを走らせるようなものなんだ。だから、無茶して使ったら、壊れちゃうんだ。どうか、大事に使ってね」

診察のたびに繰り返される言葉に、「そうなんや」と思いながらも、彼の心臓は痛くもかゆくもなかったので、「まあ、俺は、大丈夫やな！」と、たかをくくって、天真爛漫《らんまん》に青春時代を過ごしてきた。

それで、心臓が悲鳴を上げないわけがない。

当時、彼は、自宅からバスと電車を二本乗り継いだ病院のリハビリ室に、リハビリスタッフとして勤めていた。

その日は、三か月ほど前からなぜか止まらなくなっていた咳《せき》が、いよいよピークに達し、朝から、すこぶる調子が悪かった。

勤務を開始して一時間。どうにも様子がおかしい。彼は、上司に、「ちょっとしんどいので帰らせてほしい」とお願いした。すると、上司は、「ここは病院なんやから、ここで診てもらったらええねん」としごくまっとうな答えを返してきた。そこで、外来診察にかかると、「まあ、ちょっとした風邪でしょう」との診断がくだり、点滴を打つことになった。

これが、だめだった。

点滴が終わった後の気分は最悪。苦しさは朝の何倍にも増し、とうとう動けなくなってしまった。みかねた上司は、「そんなにしんどいんだったら帰っていいで」と一言。彼は、ようやく、病院をあとにすることができた。

だけど、ここからが地獄だったと彼は言う。

まず、まともに立っていられない。

なので、歩けない。

すがりつくように乗った電車をなんとか降り、次の電車の駅までの長い階段を上ろうとするのだけれど、今にも息が止まりそうになる。立って上ることができず、四つん這《ば》いになって、両手で階段を摑みながら上を目指した。

心臓は破裂寸前。ついに、階段の途中で動けなくなり、その場にしゃがみ込んだ。目の前に、踏んづけられたガムが見える。

そんな状態だというのに、声をかけてくる人は一人もいなかった。汚いものでも見るような目で、冷ややかに彼の横を避けるように通り過ぎて行く。酔っ払いだとでも思われたのかもしれない。

「とにかく、家に帰らんと……」

心細く思いながらも、ただその一心。

背に腹は代えられないとタクシーを使い、彼は、なんとか、自宅に帰りついた。靴を脱ぐのもままならないまま、居間の畳に頬を押し当てる。畳の跡が頬に残るくらいの間、そこから動けなかった。

力を振り絞り、どうにか自室に入った。ベッドの上に横たわる。

でも、寝ても起きても、何をどうしても苦しい。息ができず、心臓は激しく脈打っていた。

これまで自分の心臓を、自分の都合のいいように見ていた彼も、いよいよ危機感を覚えだした。

夕方過ぎまで、咳と呼吸困難でのたうちまわり、ようやく仕事から戻ってきた母親に彼は絞り出すように言った。

「もうあかん……。しんどすぎる。これ、死ぬやつや……。明日、心臓の病院に連れて行ってくれ……」

だけど、これまで何事もなく元気に過ごしていた彼。母親も、その切羽詰まった状況を本気にできない。

「あー、そうか。ほな、明日行こか。しんどいんやったら寝とき」

まるでちょっと風邪でもひいたかのような、軽い返答が帰ってきた。

彼も、必死で訴えかける。

「ちゃうねん。ほんまにしんどいねん。これ、絶対死ぬやつやで！」

「せやから、寝ときって言ってるやんかー」

彼は語彙《ごい》が少なく、その苦しさをうまく言葉にできない。

母親も、元来が楽天的なうえ、ずっと心に決めていたことがあった。

「自分がとりみだしてはいけない」

息子が重い病気を患ってから幾年。母親は誓っていた。

何かあったとき、冷静に対応できるように、ゆるぎない自分でいなければいけないと。

何度も命を落としかけた幼い頃から、何があっても、慌てふためくことだけはやめようと。


母親に状況が伝わらなかった彼は、しかたなく言われたとおり、家で一夜を過ごすことにした。

だけど、横になっていても、はあ、はあ、と、息切れが止まらない。呼吸ができない。

苦しい。きつい。

そして――こわい。

病気を言い渡されて十四年。はじめて生まれた感情だった。

ここで自分は死ぬのだろうか。

本当に、一生が「終わる」のだろうか。

まだ何も、この世に、かけらひとつ、遺せていないのに――？

呼吸困難に加え、今まで感じたこともないような恐怖に襲われ、一睡もできないまま、胸を鷲摑みして翌朝を迎えた。

＊

翌日、両親の車に乗せられ、心臓の病院に着いた彼は、いつもなら何時間も待たされるのに、その時はすぐに診てもらえた。

検査を受けて数十分後、主治医がやってきて、「これは、相当苦しかったでしょう。今すぐ入院です」と告げた。

それを聞いた母親は、

「ほんまにしんどかったんやなあ。大げさに言ってるだけかと思ったわ」と、笑顔は絶やさないまま、心底反省しているようだった。

主治医が言うには、心臓が弱っていて水分の代謝ができず、体中に水分がたまりきっていたところに、点滴を打って水を足したせいで、心臓にある「弁」が破壊されたのだろう、と。

『弁？』

カシスソーダを片手に、物知らずな私が尋ねる。

彼は、

『弁ってのは、心臓の中の血を流したり、逆流せえへんようにする大切な部分やねん』

と、説明してくれた。彼もその時、はじめて知ったのだという。

『そんなもんが、つぶれたん?!』

思わずグラスを落としそうなほど、身を乗り出した。

彼は憎々しげに、顔をゆがめる。

『最初の大学病院に続いて、またもや勤務先の病院での誤診！　命が、いくつあっても足りひんわ。せやから医者は嫌いやねん。殺す気かー！』

冗談の延長のように言うものの、酔っ払っているのか、彼の声が大きくなる。

私は、腕を伸ばし、彼のグラスを奪おうとする。心臓のためにも、これ以上はよくないだろう。

するど、彼はその手をかわし、いたずらでもするように、楽し気にバーボンをあおる。

『うまい！』

ひときわ満足するように、私を手で払いのけ、ゴクゴクと流し込む。

私は、やっきになって、それをおさえようとすると、彼の胸に、手が触れた。

ドクン、ドクン、ではなく、カチ、カチ、という機械音が聞こえた。

＊

彼には、また、新たに「心臓弁膜症《しんぞうべんまくしょう》」という診断名がついた。

両親の顔色が意識せず曇る。このうえ、まだ息子は重荷を背負わなければならないのか――。

「手術をして、心臓に〝機械の弁〟を取り付けることになります」

主治医はこともなげに言うが、心臓を開く手術である。命にかかわらないと断言できるわけがない。

＊

『機械の弁……』

カチ、カチ、という音がよみがえる。

彼は、不安げにみつめる私に、にかっとほほ笑むと、

『ま、それで、いわゆる俺は、キカイダーになってゆくわけやな』

と、愉快そうにあっけらかんと言った。

八歳も歳が違うと、読んでいたマンガも違う。彼の渾身《こんしん》のダジャレは、私の耳を素通りした。

＊

さらに、手術の前に、全身にたまった水を抜く必要があったという。

早速、その日から、水抜きの治療が開始された。

簡単に言えば、ひたすら、体の中からおしっこを出すという治療だ。

二十四時間、点滴で利尿剤を体内に注入する。すると、猛烈な尿意が襲ってきて、一気に、五〇〇ミリリットル近いおしっこが出た。それをどんどん取り替え続ける。

やがて、七十キロほどあった体重は、みるみる減っていき、一か月後には五十五キロまで落ちた。四歳くらいの子が一人いなくなるくらいの重量の水が体内にたまっていたのだ。

肺もちゃぽちゃぽで、そりゃ息もできないわけだ。

この治療は、何がきついかというと、水が飲めないことだった。一日、わずか紙コップ四分の一程度の水で、食事もし、薬も飲む。水分をとれない苦しさは、想像を絶するものだったと彼は振り返る。

そんな中、母親はというと、彼を横目に病室でチューチューとオレンジジュースを飲んでいた。

「息子が水分制限で苦しんどるのに、よく平気でそんなことできるな」

彼が抗議すると、

「はよ元気になったらいくらでも飲めるわ。これは、私のエールなんやで。さっさと病気治し！」

と、言い返されたのだった。強くなるにもほどがある。

入院してから一か月半。水抜きも一段落し、あれだけ長期間続いていた咳も、嘘のようになくなり、呼吸困難もほとんど感じなくなっていった。

＊

『元気になってくると、これ、手術なんてせんでもいけるんちゃうん？　と思ってまうもんやねんなあ』と彼。

それが、間違いの始まりだった。

＊

年の瀬だった。

お正月が近いので、手術は年明けにすることとなり、大みそかと三が日は、一時帰宅が許された。

久しぶりの我が家。なつかしい畳と飼っている犬のにおいが立ち込める。

消毒液の刺激臭のない空気を胸いっぱい吸い込み、大の字になって、住み慣れた家を抱きしめた。

一時帰宅といっても、治療中の身。とにかくおとなしくしていなければならない。

ところが、彼がとった行動は、信じられないものだった。

早速、しばらく会ってなかった友人たちを呼びつけ、大みそかの晩から徹夜でマージャンを始めたのだ。

　薬もろくすっぽ飲まず、バーボンのボトルを何本も開けるほどお酒をあおり、たばこも「吸い溜めだー」と言わんばかりに、紫煙《しえん》にまみれて過ごした。

＊

『病気もろとも、文字通り、けむに巻いてやろうっていう作戦やってんけどなあ』と彼。

バカすぎるにもほどがある。

だけど――とも、思う。

冗談のように言うけれど、本心だったのだろう。

彼は、そうして、ごまかそうとした。

恐怖を。

不安を。

絶望を。

そして、現実を。

自分の命が、死と隣り合わせなのだという、逃げようのない現実を――。

＊

「生きてるって気がするぜー！」

友人たちと、バカ話に笑いながら、彼は、たしかに今、脈打つ自分の鼓動をかみしめていた。

だけど、そんな心嬉しい時間もつかの間だった。

一月一日、元旦。彼は、また倒れた。

あれだけのことをしたのだから、当然といえば当然だろう。彼は、その翌日、一日繰り上げて、病院に舞い戻った。

もちろん、主治医にはこっぴどく叱られた。


いよいよ手術の時がやってくる。

今回は、以前のような検査とは違う。死亡の可能性もあるという同意書を書く時、時間を稼ぐように、ひとつ咳払いをした。

さらに、ここでも、また厄介なことが待ち受けていた。手術の数日前から、水分制限、食事制限が始まるのだ。

二十一歳、食べ盛り。一日中、お腹が減ってお腹が減って、頭の中は食べ物のことばかり。麻酔がなくても簡単に意識が遠のきそうだったという。

＊

『自慢ちゃうけど、俺は中学の時、腹が減りすぎて、学校で三十七度五分の熱を出して、早引けしたくらいやからな』

『ええっ』

『家に帰って、食べ物をぶっこんだら、すぐに熱は下がったけどな』

どこまでも、本能に忠実な人だ。

お酒を止めるのは無理だろう——と、私は、ばからしくなって、自分もカシスソーダのおかわりを頼んだ。

そんな彼が、食事制限をしてまで挑んだ手術。

その後ろに隠れた心を想像する。

「生きたい——」。

＊

手術当日。ストレッチャーに乗せられて、彼は手術室へ向かった。心配そうな顔を浮かべる母親と父親に、彼は、麻酔でもうろうとしながらこう告げた。

「……退院したら、寿司と焼き肉とすき焼きと、あっ、それからフグ食いたい。中華屋の唐揚げも食わしてくれ。それと……」

「わかった。わかったから。なんでも食べさせたるから、手術頑張るんやで！」

母親は、泣かないよう、自分の太ももをつねりながら、そう叫んだ。


手術は、十四時間にも及んだ。

途中、ほとんどない意識の中で、にごった川が見えた。

川の向こうには、すでに死んだはずの祖父が、何やら叫んでいた。

耳を澄ますと、生まれ故郷の高知の言葉で、「こっちに来るな」という意味の、「こられんで！」と言っている。

「こられんで！」

「こられんで！」

祖父は、高知弁で繰り返し、そう告げていた。

その時だった。

「あきら！　あきら！」

川岸で、祖父に手を振っていると、母親の声がした。

ぼんやりと、目を覚ます。

「目、開けました！　先生！　目！」

母親が、嬉々として医師を呼んでいる。

我に返ってあたりを見ると、おびただしい数のチューブが、自分の体に突き刺さっていた。何事が起こったのかとぎょっとする。

そして思い出した。自分は手術をしていたのだと。

このチューブが自分の命をつないでいるのだと。

やがて心の底から、力が抜けた。

戻ってこれたんだ——。

生きて、戻ってこれたんだ——。

天井がにじんだ。

＊

『今から考えたら、きっと、あれがうわさに名高い三途の川やったんやろな』

『今さら?!』

「川」が出てきた時点で誰でも気づきそうなことを、何年も経って、ようやく気づいたとばかりにドヤ顔で言う彼。

灰皿に、短くなったたばこを押し付けると、彼は、私の反応に不思議そうに首をかしげる。

そして、新しいたばこに火をつけると、遊ぶように輪っかを作り、遠い昔に思いをはせた。

『そういえば、俺が、言葉をなかなかしゃべられへんかった時も、心配してくれたのは、じいちゃんやったらしいなあ』

私は、彼が高知の田舎に、毎年夏になると帰っていたという昔話を、何度も聞かされたことを思い出す。

「川は河童が出るから、行ったらいかんぜよ」と繰り返されていたと。それが、今回の川につながったのだろうか。

『河童なんているわけないと思いながらも、びびって、川には近づかれへんかったっけ』

歳を重ね、無意識の中でも、彼は祖父の「川に行ってはいけない」を守り抜いたのだ。

＊

一日、完全看護の集中治療室に入り、翌日には一般病棟に移ることができた。

重くよどんだ世界から解放され、病院の廊下だというのに、澄みきった爽やかな空気が心を満たす気がした。

病室に入ると、母親と父親が、涙で顔をぐしゃぐしゃにしながら、「よう頑張った。よう頑張った」と、彼を幼い子のように褒めたたえた。

だけど、子どもの頃からやんちゃで、叱られてばかりだった彼は、褒められることに慣れていない。

照れ隠し半分で、「別に。寝てただけやし。ずっと寝てて、腰、痛いけど、腰、痛いだけやし」と、そっけなく言った。

それでも、両親は、涙をぬぐい、もう二十一歳にもなった彼の頭をわしゃわしゃとなでまくった。

一般病棟に戻って来てからも、「絶対安静」は延々と続いた。

ずっと寝ているのは全身が痛く、大げさではなく、何度も悲鳴を上げたくなるほどだった。

それでも——生きている。

それは、彼に、今まで意識していなかった「これから」を考えさせた。

気が付けば新芽をほころばせはじめた木々を、窓から眺める。横顔を照らす木漏れ日が揺れた。

彼は、新しく自分のものになった胸のケロイド状の傷痕に、そっと目をやるのだった。

もしも——

あの時、何かひとつでもかけちがい、

彼が命を失っていたら、

私と彼との出会いは、

永遠に、本当に、永遠になかっただろう。

私は、ひとり
「生きていたくない」ともがきながら過ごし、
「生き抜く」ために、
あの手この手を尽くした彼の力強さを知らずに、
命を無駄にしただろう。
自分だけが不幸だと思いながら。

「二十歳までに死ぬ」
呪いの言葉を、自ら、死に物狂いで破り去った彼。
感動的な物語のように聞こえるかもしれない。

だけど、彼は、私に自分のことを話すとき、
何もかも面白おかしく語る。
まるで、毎回、毎回が、コントででもあるかのように。

突然倒れた時のことも、
新しい病気ができたことも、
本気で死にかけたことすらも。

きっと彼は、
自分を悲劇の存在にしたくないのだ。

どんなに不幸と呼ばれるできごとにも、
笑いごとにすることで、
絶望を「ごまかして」、
生きていくことを心に決めたのかもしれない。

私には、できなかった。
「不幸」を「不幸」とだけとらえ、
自分のちいさな荷物を、誰よりも重いと信じていた。
生きることも、死ぬことさえも難しくて。

足元だけ見て歩いていた。
雨に濡れたら、しゃがみこんで、泣いていた。
雲の上は、いつだって、晴れていたのに――。

このあと彼は、楽しみにしていた約束の食べ物たちを、たらふく食べて過ごした。
しかし、二十五年経った今も、フグだけは、その口に入っていないそうだ。

小児病棟の「天使」たち

「ゲームのお兄ちゃん」。

それが、手術の痛みもほとんど忘れ、ようやく元気になった彼につけられたあだ名だった。

彼は、その後も小児病棟に入院していた。

二十一歳にもなって不思議に思われるかもしれないけれど、この病院では、先天性疾患の患者はみんな小児病棟で過ごす。

彼のいた個室の隣の大部屋も、そのほとんどが若者たちだった。

そして、隣近所の部屋には、小さな子どもたち。まだ学校にも行っていない年頃の子から中学生まで、幼い頃から心臓を患った子たちが生活していた。

＊

『なんで、ゲームのお兄ちゃんやったん？』

二人で舞台を観に向かう車の中、私は彼に聞いた。

この日、私は家で、またもや親に「おまえみたいな、しょうもない子どもはいらんかった」と罵《ののし》られ、死にたい気持ちに飲み込まれていた。それを彼が連れ出してくれたのだ。

彼は得意げに、アクセルを踏みしめる。

『俺が、病室に自分の家からテレビを持ち込んで、毎日、テレビゲームをしまくっていたからな』

私は、自分のつらさも忘れ、あきれかえる。

『バカなん……？』

『ちゃうわ。社会人の特権や』

『むしろ子どもやろ』

＊

彼が子どもの頃、検査入院していた時のように、心臓病の子どもたちは、たしかにたくさんの高価なおもちゃを与えられていた。

だけど、まさか、病院にテレビを持ってくるなどという無茶をする者はおらず、テレビゲームがしたいなら、病院の有料テレビを使うしかなかった。そのため、残念ながら「がまんしてね」と親に言われている子ばかりだったという。

それが、彼の部屋では、無料でテレビゲームがやりたい放題なのだ。

子どもたちは、毎日、屈託のない笑顔を見せて「ゲームやらせてー」と、顔をのぞかせた。


そんな子どもたちだけど、もちろん、みんな、重度の心臓病を抱えている。

ほほ笑む唇は青紫色。せき込みながらやってくる子。犬の散歩でもするように酸素スタンドをゴロゴロと引きながらやってくる子。

それでも、男の子も女の子も集まってきては、対戦ゲームやスーパーマリオを夢中になって愉《たの》しんだ。子どもらしい愛くるしい嬌声《きょうせい》が、部屋中を満たす。

「あっ！　ずるいわ、その技！」

酸素チューブを鼻から通した女の子がコントローラーを悔しげに、ベッドに叩きつける。

「あほか、俺が寝ずに考えてん。負けるほうが悪いんや」

生まれてから何度も手術をした男の子は、誇らしそうに鼻を鳴らす。

「ゲームのお兄ちゃん、どう思う？　反則やわ」

女の子はすがるけれど、男の子は、にくらしい顔で、女の子をからかう。

「くやしかったら、強なって、出直してこいー」

それは、まるで、健康なふつうの子どもと何も変わらなく見えた。

それでも、検査時間や食事の時間、面会時間などになると、子どもたちは、自分の病室に戻らざるを得ない。

急に夢から引き起こされたような、ふわふわとした足取りで、みんなは部屋を出ていく。

「また明日な」

自分たちに言い聞かせるように、不器用な笑顔を見せて。

その光景は、せつなくあったが、それでも、病院だからこその平穏な毎日のように思えた。


だけど、半年近くも病院にいると、部屋に遊びにくる子どもたちの顔ぶれは目まぐるしく変わっていった。

元気になって退院していく子どもたち。

そして――

「明日、手術やねん」と言って、手術室という名の戦場に旅立つ子どもたち。

無事、生還を遂げる子だけではない。

昨日まで彼の部屋に遊びに来て、スーパーマリオをしていた子が、元気いっぱい「行ってくるね！」と遠足にでも行くように手を振って、手術室に向かっていく。

そして、そのまま、二度と会えない空の高くへとのぼっていく――。

集中治療室から帰ることのできなかった子どもたちは、一人や二人ではすまない。

「死」の気配がたゆたう小児病棟では、「死」という言葉は、言ってはいけない言葉になっていた。

それでも、昨日まで一緒に遊んでいたお友達がいなくなってしまうのだ。子どもたちは両親に聞く。

「どうして今日もおらへんの？　いつ元気になるん？」

「わたし、新しい技、考えてん。早よ対戦せなあかんねん！」

両親は、戸惑いながら、

「あの子はね、天使さんになったんよ」

「天使さん……？」

意味のわからない子どもたちは、「すごおい」と、顔をくしゃっと崩して笑う。

大人はただ、涙を飲み込む。子どもは無邪気に問いかける。

「じゃあ、次は、いつ会えるん？」

両親は、思わず我が子を抱きしめる。

明日、もしかしたら同じように天使になるかもしれない我が子を――。


我が子が「天使」になった両親は、泣いて、泣いて、泣き疲れて、また泣いて、見る影もなくなった寂れた姿で、病室の荷物整理にやってくる。

ずっと張りつめていた糸がプツリと切れ、放心状態になったまま、ゆっくり、ゆっくりと、かつては生きていた我が子のパジャマを、コップを、歯ブラシを、かばんに、ひとつずつ詰めていく。

どうせ看護師がきれいにしてくれるだろうベッドのシーツも、ていねいに伸ばす。日に焼けた戸棚を、力の入らない手でなでるように拭いていく。

パツン――。

雨が、窓を叩きだした。

母親は誘われたように、涙を落とす。

数年間の短い人生を、病院でしか過ごせなかった、我が子——。

もっと、いろいろなことをさせてあげたかった。

外の風を思いきり吸い込んで、一緒にかけっこを楽しみたかった。

家の門にたどり着いた我が子を、抱き上げ、「ゴール！」と叫びたかった。

汗をかいたら、家でごはん。好きだったミートボールを、好きなだけ、「もう食べられない」というくらい食べさせてあげたかった。

遊び疲れて眠った子に、タオルケットをかけ、子守唄を歌ってあげたかった。

ひとときも離れず——

抱きしめて、いっぱいなでて、キスをして——

——一緒に、いたかった。

晴れの日。雨の日。霜の朝。入道雲の夏。

もっと、憎まれ口をたたかれて嫌になってしまうくらい、ずっと、ずっと、一緒にいたかった。

「大好きよ……」

口に出すと、両手の包まれるようなぬくもりまで息を吹き返す。

我が子のにおいの残った枕に、ぎゅうと頬をうずめて泣いた。

がらんとした一角に、両親たちは一瞥《いちべつ》をくれると、他の親たちに深々と頭を下げ、部屋を去った。

世話になったナースステーションにお礼を告げるため、廊下を歩いていて、両親は、ふと立ち止まった。そして、かつて我が子から聞いていた、一室を覗《のぞ》く。

彼の部屋だ。

彼が、今日も子どもたちに囲まれているのを目にし、また、壊れた蛇口のように涙が溢れた。こらえきれない思いがこみあげてくる。

だけど、必死で目頭を押さえ、母親は、こちらに気づいた彼にこう言った。

「……ゲームのお兄さん、ですよね？　ありがとうございました。あの子、すごく楽しそうでした。笑ってる姿を、最後に見れて……」

そこで言葉を詰まらせる。

「……しあわせでした」

何度もなでた手のひらの感触が、胸の中によみがえる。

姿は見えなくても、ずっとずっと、ここにいる。

気が付けば、私と彼を乗せた車は、劇場の近くまで来ていて、空は朱を混ぜたアジサイ色に染まり、白い三日月が浮かんでいた。

いつもなら、心浮き立たせて、今日の舞台を想像しあう私たち。だけど、信号で停まった車の中、私はティッシュで、皮膚がむけるくらい鼻をかんでいた。隣を見ると、彼も目を赤くしていた。

やりきれなかった。

自分は、家のことや心の病気で死にたいと思っているくせに、病気で唐突に命を奪われるという不条理が、心底憎かった。

＊

手術直後はあれだけ体内から生えていたチューブも残り一か所となった頃、彼は四人部屋に移された。二十歳前後の若い男の子たちが集う部屋だ。

心なしか、部屋の中が修学旅行のざこ寝部屋のような、汗とカップラーメンのにおいがする。人見知りをしない彼にとって、それは、なんだか居心地のいい空間だった。

そんなある日、一人の男の子が入院してきたという。

声が小さく、見るからに大人しそうな、端正な顔立ちをした青年だった。

「入院初日でドキドキしてる」とか、「不安で仕方がない」といった他人の心の機微をまったく意に介さない性格の彼は、「どっから来たん？　何歳なん？　名前は？」と矢継ぎ早に質問を浴びせた。

青年は吹けば飛ぶような小さな声で、「沖縄から手術を受けにやってきました」と同室のメンバーに自己紹介した。年は十九歳だと付け加え、名前を知念真司だと言って、ベッドを静かに整え始めた。

ふと、違和感を覚える。大概の入院患者は大勢の家族――少なくとも二、三人の家族がやってきて戸棚や衣服の整理を行っていく。しかし、真司くんは一人でやってきた。小さなスポーツバッグだけをぽつんと持って。

真司くんは大人しい子だった。ほとんどしゃべらないけれど、話しかけると嫌な顔一つせずに「うん、うん」と聞いてくれて、短く答える。

心臓病を患っているのに、それに対する特別な感情もないように見えた。いや、心臓だけでなく、あらゆることに対してどこか希薄に思えるのだ。

数日後、友人らしい青年が真司くんのお見舞いにやってきた。ほっとした。それまで、ずっと一人だったのだから。

だけど、ふつうは父親や母親がいそいそとやってくるのが、小児科病棟の一般的な光景だ。そうはできない状況が、真司くんの性格にも影響しているのかもしれない。

真司くんが手術に向かう日、唯一、真司くんの祖父が一人、沖縄からお見舞いに来ていた。

「あのおじいさん一人で、手術後の壮絶な痛みとの闘いに、真司くんは勝てるのだろうか？」と彼はひそかに、いらぬお節介な心配をした。

同室の全員が口々に「頑張って来いよ！」と真司くんにエールを送る。

「うん」

幾分慣れてきてくれていた真司くんは、やっぱり小さな声でうなずいて、それでも少しはにかんで、静かに手術室へ向かっていった。

数日後、真司くんは無事、集中治療室から病棟に帰ってきた。だけど、誰もお見舞いに来ない。

毎日、両親が見舞いに来てくれていた彼としては、全身の痛みを八つ当たりしまくって何とか事なきを得てきた。

猛烈に痛がる彼を見て、「看護師さん呼んでくるわ」と何もできない自分を責めるように、ナースステーションに何度も走ってくれた母親を思い出す。

そのおかげで、彼は、痛みを耐え抜くことができた。

そんな経験があるから、真司くんに起こっているだろう苦痛も痛いほどわかる。

彼は、まだ、お腹にだけチューブが残っていて立ち上がれなかったため、自分に代わって母親に「真司くんの腰を揉《も》んでやってくれ」と頼んだ。

母親が「真司くん、腰揉んだろか？」と聞きに行ったが、まだ弱冠、十九歳だというのに痛みに耐え、遠慮する。大人顔負けの落ち着いた態度で「大丈夫です」ときっぱり断ってしまった。

母親もいらないと言っている人間の腰を勝手に揉むわけにもいかず、そそと戻ってくるしかない。

一部始終を見ていた彼は「帰ってきたらあかんがな。遠慮するに決まっとるがな」と言って、再度母親に真司くんの腰を揉むように頼んだ。

母親は、

「あの子が納得せーへんから、ちょっとだけ揉ませて。ほんま、しゃーない息子やねん」と、彼のほうを指さしてニコリと笑った。

真司くんの表情が少しほころぶ。そのすきに、母親は間髪入れず真司くんの腰にそっと手を当てた。母親は、保育士歴二十年のベテラン。スキンシップ能力にたけていた。

十分ぐらい揉んだところで、真司くんは、いくらか柔らかになった表情で言った。

「おばちゃん、だいぶ楽になったからありがとう。もう本当にいいから」

母親もほほ笑む。

「痛かったらいつでもおばちゃんに言うてや。あの子の腰揉みまくってるから、ちょっと上手になってるさかい」

力こぶを作って見せると、温かい笑みを投げかけて言う。

真司くんは小さく、だけど、少し力が抜けたようにうなずいた。


ところが、それから数日して、真司くんは急変して集中治療室に逆戻りした。

みんな、心配して真司くんの帰りを待っていた。

二週間ぐらいした頃。真司くんの祖父が病室にやってきて、真司くんの荷物を小さなスポーツバッグにサッと詰めて部屋を後にした。ものの一、二分で真司くんの私物はきれいさっぱりなくなっていた。

「真司くん、集中治療室、長引くんかな？」

母親やルームメイトとで話していた数日後、こんな噂が病院に流れた。

「真司くん、死んだらしい」

みんなが愕然《がくぜん》とした。

小さな子どもたちがこぞって亡くなっていくのは何度も見てきたけれど、歳の近い、しかも同じ病室の人間が死ぬなんて、彼は想像だにしていなかった。

真司くんの、はにかんだ笑顔で手術室に向かっていった姿が、脳裏に浮かぶ。

言いようのない空虚感が病室に漂った。

次は自分かもしれない。

そう思っていたルームメイトもいただろう。

その日から、病室の誰もが真司くんの話をあえてしなくなった。

消灯した暗闇の中で、真司くんの「うんうん」という弱弱しい相槌《あいづち》だけが、彼の心の中に、しみ込むように広がっていった。


半年以上入院していれば、おのずと仲の良い病気仲間ができる。彼には三人いた。

一人目は、斜め前のベッドに寝ていた、二十三歳の啓介くん。二つ歳上のお兄さんだ。

個室から四人部屋に移動してきたばかりの頃、啓介くんは彼に、いの一番に笑顔で挨拶に来てくれた。

背が一八〇センチほどある長身で、痩せてひょろひょろだった。

啓介くんは「夜中腹減るやろ。カップ麺あるから一つやろか」とか、「部屋、暑ないか」とか、何かと同室の彼らに気を使ってくれる頼れる兄貴的存在だったという。

隣のベッドに寝ていたのが二十二歳の卓くん。

この子はどこかの大会社の社長の子どもで、働いていないのに社員登録してもらっているため、給料がひっきりなしに入ってくるという、うらやましい境遇の男の子だった。だけど、卓くんの唇の色は他を圧倒して真紫だった。心臓の悪さが文字通り色濃く顔に出ている。

そしてもう一人、紅一点。二十歳のマイコちゃん。

彼女はゲーム好きな女の子で、自分の病室から彼らの病室にいつも遊びに来ていた。

マイコちゃんは成人しているのに、体が、か細く、パジャマの上からでもあばらが見えそうだった。また、身長が一四〇センチぐらいと小さくて短髪。パッと見は小学生男子のような感じの女の子だ。幼い頃から体が悪く、成長できなかったのかもしれない。

啓介くんと卓くん、マイコちゃんと彼。年が近いこともあり、すぐに仲良くなったそうだ。

その中でも特に距離が近かったのが、やっぱり啓介くんだ。何かというとよくしてくれて、誰よりも頼れる存在だった。

でも、この気のいいお兄さんに、彼は一点だけ、腑《ふ》に落ちないことがあった。ルームメイトにはとても気さくで笑顔を絶やさず優しいのに、ひとたび自分の両親が見舞いに来てくれると、途端に豹変《ひょうへん》するのだ。

「おまえら！　何やってててん！　二時に来るって言うてたやないか！　今何時やねん！もっと早よ来いや！」

なんでもないことで自分の母親や父親に対して、怒号を浴びせる。

「カップ麺、なくなってるやんけ！　早よ買って来いや！」

召使《めしつかい》にでも放つような言いようだ。

啓介くんの母親は「ラーメンなくなったの。ごめんね、すぐにスーパー行ってくるね」と、心底申し訳ないとばかりに言って、すぐさま病室から走り去っていった。

「すぐにスーパー」といっても、この病院の近くにスーパーなんて存在しない。きっと車で買いに行ってくれたに違いない。

彼は、啓介くんに昨晩もらったカップ麺のせいで、啓介くんの母親を困らせてしまったのではと申し訳ない気持ちになる。

「今度、ラーメン返すよ。ごめんな」

そう言って、啓介くんに謝った。だけど、啓介くんは、

「ええねん。そんなん。気にすんなや」

と、両親がいなくなると、いつも通りの気のいいお兄さんに変身するのだ。

「でも、おばちゃんに悪いし」と彼が言葉を続ける。

すると、「あいつらはええねん。あんなもんや」と悪びれもせず、さも当然だと言わんばかりに答えるのだった。

「年長者は敬うもの」。そう子どもの頃から、叱られまくって教わってきた彼には、とても理解できなかったという。

しかし、この「自分の両親に罵詈《ばり》雑言《ぞうごん》を浴びせる傾向」は、啓介くん以外の少年少女たちにも多かれ少なかれ見られた。

＊

『みんなのことは好きやったけど、そういう光景を見るたびに、正直、げんなりしたわ

……』。

泣き止んだ私に、甘いココアを買って来てくれた彼は、運転席に腰をうずめ、ビタミンドリンクをゴクゴクと喉に流し込んだ。

私も、ココアのプルトップを開ける。ほわんと胃にしみ込むぬくもりに、私は自分の心のありかを知った。ようやく、息をすることを思い出す。

舞台を観る気にはなれないまま、駐車場に車を停め、空を仰いだ。

もうすっかり春のはずなのに、日が暮れてからは急に冷え込み、彼はヒーターのスイッチを音もなく入れた。夜が訪れようとしていた。

『……私も、親に暴言を吐くときがある……』

私は打ち明けた。

『おまえの家は、いろいろあるからなあ』

彼のわしゃわしゃが、また私の頭に乗る。

幼い頃から、親を親と思えたことは、一度もない。

ただ、産んでしまった以上、食事を与え、屋根を与えてくれる、ほどこしをうけているのだと。

『でも、みんな……私も、今日まで生かしてくれてるんは、親なんやよね……』

『せやな』

『私は、こんなに恵まれてるのに……』

思ってもいないことを口走ったと、思った瞬間、彼にもそれが伝わったのだろう。

うつむく私の頭を、さらに激しくなでまわすと、まるでホームドラマの親のように言った。

『よそは、よそ。うちは、うち』

『え？』

『おまえがつらいなら、その気持ちは嘘やない。いい子になろうとするな』

＊

親に暴言を吐く少年少女たちの理由がわかるできごとがあったのは、それからしばらくしてからだ。

ある時、チューブもすっかり取れ、「三時間だけ」という一時外出の許可がめでたく主治医から出された。

彼は母親と二人でバスに乗って駅に向かった。むせかえるほどの真夏の太陽が、じりじりと照りつけ、背中に汗がにじむ。

細く開けた窓から吹き込む風は心地よく、外を流れる個人商店の群れがなつかしかった。足元にひっくり返った小さな蛾の死骸まで輝いて見えた。

今にも主治医の言うことなんて忘れて、走り回りたい気分だ。

彼は、手術に行く前に約束した通り、母親に「お寿司」をおごってもらった。

彼が狂喜乱舞して鯛を頬張っていると、母親が「ちょっとぐらいわからへんやろ」と言って瓶ビールを一本頼んでくれた。

元気なときは無茶の数々をしていた彼も、このときばかりは驚きを隠せなかった。

「おかん！　ええのん？」

「ええよ。でも一杯だけやで。赤ら顔で病院に帰ったら怪しまれるからな」

と言って、母親はいたずらっ子のような笑みを浮かべたという。

短い再確認を終えると、すぐさまビールが運ばれてきた。母親はグラスにトクトクと夢にまで見た黄金の液体を注いでくれた。

「ようここまで元気になったな。おめでとう」

母親はそう言って、小さくグラスを重ねる。

肩を並べて、一緒にビールをあおった。

入院して五か月、あの苦しい水分制限を耐え抜いてのビール。喉を通過していく炭酸がシュワシュワと彼を祝福してくれているようだった。

＊

『後にも先にも、あの時飲んだビール以上に美味しいものに出会ったことはないなあ』

と、沈んだ私を励ますように、彼はほほ笑む。

＊

そこでふと、彼は、母親に啓介くんや他の子の両親に対する態度のことを話した。ここは一発、注意してやろうかと。

すると母親は、

「やめとき、やめとき。啓介くんらはな、赤ちゃんの時から〝明日死ぬ〟〝明日死ぬ〟って言われて生きてきてん。親御さんたちも〝こんな障がいの体で産んでごめんな〟〝ごめんな〟って申し訳ない気持ちでいっぱいやねん。せやから、啓介くんに甘なってしまうねん。私も啓介くんの親御さんの気持ち、わからんでもないわ」

そう言って、ふとうつむくと、ビールをちびりとすすった。

「せやけど、俺もそんな感じで、ちっちゃいときから医者に言われてたけど、全然、甘やかしてもらった記憶ないやんか」

と、不可思議な気持ちを顔いっぱいに張り付けて尋ねた。

すると母親は、

「あんたは途中から急に心臓病になったし、それまで元気いっぱい生きてたからな。それと……、昔、おとんと話した時、決めてん。〝ふつうの子として育てよ〟って。せやから、〝悪いことは悪い〟って、ちゃんと、しばいて育ててん」

と胸を張った。

「しばかんでもええやろ」と軽口をたたきながら、「ふつうの子に育てる」――それがどれだけの不安と覚悟を伴ったか、ぶたれた痛みすら、胸を柔らかく包んだ。

「みんな、退院したら、絶対に遊びに行こうな」と約束して、彼は少しだけ早く退院した。

そして、退院してから三か月ぐらい経った頃。一本の電話が鳴った。啓介くんからだった。

「みんな、退院したで。約束どおり遊ぼう！」

待ち合わせの駅に着くと、唯一の女の子だったマイコちゃんは、ブリティッシュスタイルでここぞとばかりにキメてきていた。卓くんは、当時の人気者、宅八郎さんをリスペクトしたような少しオタクなコーデ。啓介くんは、細かった身体に少し肉が付き、清潔感のあるポロシャツが似合っていた。

四人は早速、昼間からチェーンの魚介系居酒屋に入り、ほんの少しの罪悪感とともに、気持ちばかりジョッキを傾けた。

「退院、おめでとう！」

みんなの顔が、ほころぶ。

安さが自慢のそう見栄えもしないだし巻き卵も、ほっぺたが落ちそうなくらい美味しく感じた。ポテトフライ、唐揚げ、串カツの盛り合わせ。病院では食べられなかったものたちを、悪いことでもしているかのような気分で頼んでは、にやけ合った。

それから、ずっと行きたかったカラオケへと向かった。信号を待つ間、冗談を言っては小突きあう。彼は、ひときわ大きな声で、バカ笑いしながら、横断歩道を渡った。

人から見れば、本当にどこにでもいる若者たち。

ただ、みんな退院して数か月しか経っていないので、医者から「労働禁止命令」を言い渡されていたため、いわゆる無職というだけだ。

ミラーボールが明かりを混ぜる中、啓介くんが連続で入れた歌がなかなか終わらない。マイクを放さない一人カラオケ状態だった時、ふと、こんな困った光景すら嬉しくなって彼は言った。

「みんな、こうやっておったら、どこが病気か分からんへんな。ふつうや」

すると、マイコちゃんは、

「うちら、ふつうやで。学校も行ってたことあるし」

と腕を組み、口をとがらせて真顔で言うのだった。

そういうマイコちゃんは心臓病と結核で、人生のほとんどを病室で過ごしてきた少女だ。他のメンバーも同じような境遇だった。

彼は三尖弁《さんせんべん》が壊れるまでは好き勝手に生きてきたので、マイコちゃんの言葉に驚きを隠せなかった。

「ふつう」の定義は、みんな違うのだと。

マイコちゃんたちは、入退院を繰り返している人生が「ふつう」だった。

それぞれの中にある、ちぐはぐな「ふつう」。

それが「ふつう」なのだ。

カラオケが終わり、夜の七時ぐらいだったろうか。病人らしくそろそろ解散ということになった。

口々に、「また遊ぼうね」「絶対やで」と、お約束の言葉を交わし、笑顔で大きく手を振ってそれぞれが歩み去って行った。


それから三か月後のことだった。

彼が定期検診で病院に行くと、宅八郎のコーデが印象に残っていた卓くんが病院に舞い戻っていた。

また、手術をするのだという。

それから、さらに三か月後。

検診で病院に行くと、マイコちゃんが入院していた。

そして、半年後。

今度は啓介くんが入院していた。

啓介くんの話によると、マイコちゃんは結核が再発して、結核病院に入っているらしいとのことだった。

そして、卓くんは死んだのだと聞かされた。

なぜ、生まれてきたのか――。
こんなにも早く、死ななければいけないのか――。
何か、罪をおかしたとでもいうのだろうかと、
その不条理に憤《いきどお》る。
誰も、何もしていないのに。

ただ、選別された。
「生きられる命」と、「生きられない命」に。

「短くても愛されたのだから」
そう言う人もいるかもしれない。
だけど、それが、自分だったら、どうなのだろう。

私は――

子どもの頃、親に「失敗作」と言われて育った。
「今すぐ死ね」と言われ、生きてきた。
彼らのように、途中で息絶えることなく、幸運にも長く。

どちらが、しあわせかなんて、わからない。
それでも、それを自分で選べないことが、
くやしいし、悲しい。

ずっと、「死にたい」とばかり思っていた私の中に、
はじめて生まれた気持ち。
「誰も、死なないでほしい」——。

みんなで遊んだあの時が、四人とも元気に外で過ごした唯一の瞬間だったのだ。
儚《はかな》く光る笑顔がミラーボールのように散りばめられた、夢のような時間。
それから、何となくみんなとは疎遠になり、そのうち連絡も来なくなった。
彼も、みんなが元気でいてくれることを願いつつ、「天使」になっていたらと思うと

——連絡ができなかった。

劇団という家族

「死んでいった仲間たちに恥ずかしくないよう、俺も、生きている人を笑顔にする仕事をしてやる」

数々の別れを経験して、彼の決意は固まった。

彼は、家から車で通える、ニュータウンのすみの山の中にひっそりとある総合病院に、以前のようにリハビリスタッフとして勤めはじめることにした。リハビリスタッフとは、体を動かすことが困難な患者たちに、リハビリを促す先生のお手伝いをする役割だ。

その病院は、手入れをされていない樹木が伸び放題に茂り、すっかり錆《さび》付いた門に、鳥の糞がこびりついていた。中庭には、雨に濡れるしゃくなげの花が見えた。

当時の病院は、今のように入院期間が定まっていなかったため、何十年と入院している人たちが山のようにいた。

患者たちの職業はさまざま。会社員、工場で働いている人、建築業、パチンコで生計を立てている人、わざと車に当たってお金を取る「あたりや」、暴力団組員——。

入院している理由も、骨折から切断といった体の傷だけでなく、認知症、寝たきり、心の病気。

「冬は寒いから」「夏は暑いから」というのだってあった。

中でも、彼の心に残ったのは、後に名前を知ることになる、六十六歳の健次郎さんだったという。

病院の中央には寂れた談話室があり、入院患者たちはパジャマのまま、日がな一日、赤い小さなテレビを見ていた。

そのテレビの真横——テレビなど見えない位置に置かれたパイプイスに、健次郎さんは、まるでその気配に気づかないほど、静かに座っていたそうだ。

白髪交じりの短髪に垂れた眉毛。つぶらな瞳は、いつもぼうっと、どこかを見る様子もなかった。猫背のために、小柄な体格はますます小さく見え、骨ばった首筋には、しわの間に垢がたまっている。

健次郎さんは、来る日も来る日も、毎日、そこに座っていた。

朝一番にやってきて、イスに座り、消灯時間まで座りっぱなし。トイレに行く時だけ、おもむろに席を立ち、戻ってくると、また同じイスに座る。一度イスに座ると、ずっと動かない。何をするわけでもなく、居眠りをするわけでもなく、ただ、ぼんやりと座っている。

ところが一転、そのイスに他の誰かがいると、人が変わったように動揺するのだ。みるみる表情が曇り、落ち着きを失くしてゆくのがわかる。

ウーウーと、激しい怒りをはらませた声を上げて、座っている人を威嚇《いかく》する。いつもおとなしいだけに、雄たけびだけでもかなりの迫力がある。憤怒《ふんぬ》の形相が、これまた凄味を増す。

だから、誰もそのイスに座ろうとしない。いや、座れないのだ。

ところが、新患が何も知らず、間違って座ってしまうことがままある。当然、健次郎さんの逆鱗《げきりん》に触れ、健次郎さんは怒りまくる。

一瞬にして、平和な談話室が戦場に変わる。座ってしまった人は、意味がわからないまま、慌てて、その場を立ち去るより他ない。

ただ、健次郎さんのすばらしいところは、いくら怒りまくっていても、自分がイスに座ってしまえば、何事もなかったかのように穏やかさを取り戻すところだ。イスに座ってさえいれば、ごきげん。

とはいえ、いつまでもイスにだけはいられない。食事時間や消灯時間になると、看護助手が車いすに乗せ、病室に連れていく。そのときは、怒らない。

だけど、夜中でも目が覚めると、消灯時間が過ぎていても、おかまいなしにテレビ横まで歩いてきて座っているのだ。

そのイスに対する健次郎さんの執念はすごかった。ある意味、愛のようにすら見える。

一度、看護師に聞いたことがある。

「健次郎さんは、あそこで何してるんですかね？」

すると、看護師はあきれたように、あきらめたように小さく笑い、答えた。

「健次郎さんはな、自分のことを、木やと思ってるねん。だから、あそこにおらなあかんねんて」

あの一切しゃべらない健次郎さんの心の声を、一体誰が聞いたのか、とても気にはなったけれど、きっと、本人に確認してもわからないだろう。

「不思議な人もいるもんやなあ……」

考える。これも、病気というのだろうか？

それでも、思った。

「本人がしあわせなら、それでいいか」

与えられた人生で、その人が心地よさを手に入れられるなら、何も問題はない。彼は医療従事者なのに、そんな単純な——いや、柔軟な感性の持ち主だった。

だけど、しばらくすると、健次郎さんは、目は開いているけれど、一切の感情がなくなったように、ただただ空《くう》を見つめるばかりとなった。苦しむ気配は見られず、深い夢の世界をさまよっているようだった。

やがて食事も自分で取れなくなり、鼻から栄養が入れられた。そして、ベッドから起きてくることも、なくなった。

誰も座ることのなくなった健次郎さん専用のイスは、テレビの横にぽつんと置かれたままだった。

まるで、主人の帰りをけなげに待ち続けている、忠犬ハチ公のように——。


「和子さーん、リハビリですー」

そう、元気いっぱいに掛け声をかけ、彼が病室に入っていくと、

「お花はどうですか？　いろんなものがあるわよ」

八十二歳の和子さんは、いつも、そうやって、しゃきしゃきとした優しい声と笑みを浮かべて出迎えてくれる。

天然パーマの白髪を紫色に染めた、おしゃれな和子さんは、現役ばりばりのお花屋さん。

そのため、毎日、そうやって、〝お商売〟に精を出していた。

が、そこにあるはずの花は、一本たりとも存在しない。和子さんにしか見えない花なのだ。

だけど、ひとたび誰かが病室に入れば、どんな人に対しても、和子さんは、その見えない花をオーダーメイドで丁寧にみつくろってくれる。

「今日は、きれいなピンクのバラがたくさん入ったの。あなたは、まだ若いから、彼女に持って行ってあげなさいよ。きっと、彼女さん、喜ぶわよ」

そうやって、芯の強い内面をそのまま表したかのようにざっくばらんにほほ笑み、両手いっぱいに抱えた見えない花を、彼に差し出してくれるという。

彼は、そこに「ない」とはいえ、花だけ持っていくのは万引きのようでしのびなく、決まって、情けなさそうに答えた。

「和子さん、ごめんなあ。俺、昨日パチンコで、すって、今日、持ち合わせないねんー」

大体パチンコ。たまに、マージャン、競馬、飲みすぎ……、かっこ悪い理由を並べては、買えないふりをするようにしていた。

すると、和子さんは、総入れ歯の白い歯が見えるほど「あはは」と笑うと、

「しょうがないわねえ。今日はつけでいいよ。また次来た時、払ってもらったら」

と、お花を嬉しそうに包むそぶりをする。

そして、また次の日に、和子さんの病室に行くと、本人は昨日のことはすっかり忘れて、「お花どうですか?」と声をかけてくれるのだ。

和子さんは、老若男女、分け隔てなく、おおらかな笑みをたたえながら、お花を売る。小さな子どもがいるから、がんばって働かなくてはならないと、力強く本人は言う。

ところが、もう現実には八十二歳。時々、家族が面会に来てくれるのだけど、なぜか、その日の夜には、不穏な空気をまといだす。

「本当の家に帰らなきゃいけないので、これで失礼します!」

と言って荷物をまとめはじめたり、

「お花がない! お花がない!」

と、奇声を上げて、半狂乱になることもしばしばだった。

＊

『心の病気……やったんやろかなあ』

いつもの居酒屋で、彼はジョッキを置くと、たばこに火をつけた。

相変わらず、好きなものばかり、がむしゃらにむさぼっていた私の胸が、ちくりと痛む。

『俺は、体の病気は知ってたけど、心の病気ははじめてやったから、あんな接し方でよかったんか、今でも、わからんわ』

『にーちゃんは、間違ってないよ』

と、私は唐揚げを口に入れたまま、まっすぐに答えた。

私は、彼を、実の兄でもないのに「にーちゃん」と呼ぶ。出会った頃は、ちゃんと名前で呼んでいたのだけど、そばにいるほどに本当のお兄ちゃんでいて欲しくて、気が付けば、そうなっていた。彼も、そんな私を受け入れてくれた。

そんなふうに、彼が、和子さんという病人を病人扱いせず、ありのままを受け入れ、いつも花を買ってあげていたことは、彼女にとって、楽しい時間だったに違いない。

彼にとってはあたりまえの対応でも、そうできない人たちが、この世界にはたくさんいることを私は知っている。

彼は、和子さんをまるごと肯定した。

それは、きっと和子さんを救った。

おそらく和子さんは、家族とはうまくいっていなかったのだろう。

和子さんのやりたい「花を売る」ということを否定したのかもしれないし、「妄想を治そう」と説き伏せたのかもしれない。

家族にはそんなつもりはなくても、長い年月で積み重ねられた行き違いが、きっとあった。

――ある時から、家で暴れる私を「気が変になっている」と判断し、「頭のおかしい子」の烙印《らくいん》を押した我が家のように――。

面会は、和子さんにとって、「嬉しいこと」ではなく、胸をざわつかせる心痛いことだったのだ。

＊

そんなある日、同じように家族が面会に来た夜、和子さんの部屋から奇声が聞こえた。駆けつけると、和子さんは、「家に帰るんだ！」と、マグカップで窓ガラスを割っている。

慌てて和子さんを止める。

「帰る！　帰る！　帰る！　帰るーーー！」

和子さんは、人が変わったかのように、顔を真っ赤にして叫んでいる。

「子どもに会いたい」「子どもに会いたい」と、嘆きながら。

子どもは、ついさっきまで、ここにいたというのに。

暴れる和子さんを数人で押さえては、安定剤を打ち、無理やり寝かしつけようとした。

瞳が一度だけ、ぎゅうと閉じられ、ぽろぽろと涙を流す。

和子さんは、やがて寝息を立てはじめた。

泣き疲れた幼子のように、深い眠りに落ちてゆくのを、当直で詰めていた彼は、胸が張り裂けそうな思いで見続けた。

ベッド脇のパイプイスに腰掛け、うなだれる。

帰らせてあげたい。でも、一体どこへ――？

会わせてあげたい。でも、誰と――？

いつも、元気はつらつな表情の和子さんの眉間には、悲しみに暮れたしわが刻まれ、頬に涙の跡が乾いて枯れていた。

ガムテープで止められた窓を覆うカーテンから差し込む月の明かりが、床に長く伸びている。日付が変わろうとしていた。

その数日後、和子さんは、精神科病院への転院が決まった。

一九九三年。彼が、小学校時代の同級生たちを含むメンバーで、突然、劇団を立ち上げたのは、そんなさなかのことだった。

これも、体力を使う、心臓にはおそらくよくないこと。

だけど、仕事のほかに、何か心浮き立つことをしたかった。自分ではどうにもならない悲しい別れを重ねるたび、ぽっかりと空く心の穴を埋めたかったのかもしれない。

かき集めたメンツは、最初十二人。有名な戯曲《ぎきょく》のカバーをやっていたけれど、しだいに、オリジナルがやりたくなってきた。

戯曲なんて書いたことのないメンバーが、それぞれ知恵を絞り、二時間弱の物語を紡ぐ。大変ながらも、満ち足りた時間だった。

病院が休みで稽古のない日には、気の合うメンバーと、芝居を見てまわる。

「すっげえなあ」と熱くなって、感動しつつも、どこかで思っていた。

「俺らも、いつかは、ああなってやる」

そんな時だった。私が、入団したのは。

彼より八つ年下の、わずか十七歳。当時の流行《はや》りのへそ出しルックで、いつも、何がおかしいのか、ばかみたいにはしゃいでいた。

だけど、ふと力を抜いた私を見ると、別人のように曇った顔をしていたと彼は言う。希望にあふれる若さを持っているはずなのに、その精気も消え失せたようなさみしい目――。

それもそのはずだ。私はその頃、家庭内に居場所をみつけられず、心の病気を患い、彼らが知らないところで、いつも手首を切っていた。

私の手の傷をみつけた彼は、まず、私の頭をなでた。髪がくしゃくしゃになるのもかまわずなでまわす。

私にとって、生まれてはじめてのことだった。

そして、何かというと、私を家から連れ出してくれた。

あのくだらない延々としたしゃべりとともに。

面白くないけれど、面白かった。

笑っている自分が、しあわせだった。

ある時は、彼と、劇団メンバーで彼と同い年の崇くんと私の三人で海まで車を走らせたことがある。

初任給で買った、赤い中古車。せっかくの外車なのに、片づけることの苦手な彼に掃除もされず、ぽんこつっぷりが彼の大雑把な性格を表していた。

行く道すがら、ファーストフード店のドライブスルーに寄り、ハンバーガーをむさぼった。ぽろぽろこぼしても、誰も気にしない。足元には、丸めた包装紙が散らばっている。

カーラジオからは、三人が好きなザ・ブルーハーツの「リンダリンダ」が流れている。発声練習以上に声を張って、真っ青な海を横目に、歌い、ふざけた。

怖がる私の手を引き、堤防に上り、空に溶けるように光る海を眺める。パチャンとはねる水面を、「魚だ！」と騒ぎ出すと、私は、もう怖かったことを忘れている。だけど、体勢を崩しかけて、今度は、子どものように「もう下りようよ」とごねるのだった。

夜になると、座長も呼び出し、相変わらず焼き鳥屋でお酒をあおった。お酒が回り、話しはじめると止まらない。次は、どんな演目をやるか。劇団をどうやって大きくしていくか。

「俺が三枚目をやるから、崇、おまえが二枚目をやれ。セリはきれいどころができるように頑張るんやで」

「もうすでに、きれいどころやもん！」

私が、頬を膨らませる。

未来がとめどなくあふれ出す。

彼は、二人きりじゃない時は、心臓のことや仕事のことは話さなかった。

夢だけを温める場所が、彼には必要だった。

もしも叶わなくても、それでもよかった。

夢を語り合える時間があれば、それだけで、しあわせだった。

あの時――もう死ぬかもしれないと覚悟したあの時、遺したかったものは、こんなたわいない笑顔の実感だったのかもしれないと、彼は思ったという。

劇団は、一つの家族のようだった。

父親でも母親でもある座長。双子の長男次男である彼と崇くん。そして、あまえんぼうの末っ子のような私。

彼に、守りたい、守ってもらえるものができた。


そんなふうに、充実した毎日を送っていたある日、病院内でクーデターが起きた。

ことの発端は貼り紙だった。

彼の働く病院では、午後の診察と夜間の診察の間に、一時間ほどの時間が空いていた。

病院スタッフたちは、食事もそこそこに、掃除をしたり、準備をしたり、何かと仕事をしながら、その時間を過ごしていたという。

ところが、そんな時、職員食堂の掲示板に、一枚の貼り紙がうたれたのだ。

内容はこうだ。

「間にある一時間は、スタッフが休憩しているのだから、給料を勤務日数分減額します」

病院スタッフはざわついた。

自分たちは遊んでいるわけではない。いつも仕事をしている。

その上、それでなくても、もともとが安月給。これ以上、減額されては生活が立ち行かない。

怒髪天《どはつてん》を衝《つ》く勢いで病院スタッフは抗議した。だけど、訴えは聞き入れられなかった。

「やっていられるか」との思いで、看護師たちを含む、病院スタッフが一致団結し、集団退職することになった。

彼も悩んだけれど、慕っていた上司や先輩も辞めると知り、退職を決意し、一念発起、関西を離れることにした。

「ありのまま」とは何か、「病気」とは何かを、考えた日々。

それを教えてくれた患者たちの顔を一人、一人、思い浮かべ、見守ることしかできなかったことを詫びながら――。

人生で、一番しあわせだった日々を聞かれたとき、
私は、迷うことなく、この頃のことを思い出す。

家族に恵まれず、独りぼっちだった私に、
はじめてできた、お父さん、お母さん、お兄ちゃん。
彼は、私の不安定さを受け入れ、
あたりまえのように接してくれた。

それもそのはずだ。
彼は、ずっと病院で、
ひとくせもふたくせもある患者たちと、
愛のあるふれあいをしてきたのだから。

彼が関西を旅立つことになり、
劇団は自然消滅することになった。
私は、また一つ、家族を失った気がした。

彼とともに過ごした、わずか三年の間に、

私は、私の生きづらさを、
ぽつり、ぽつりと打ち明けた。
こんなことは、はじめてだった。

彼は言った。
「生ききるんやで」

一緒にいた時間の中で、
離れていても、一人で立てるだけの愛を、
彼は、しっかりと残してくれていたのだ――。

病院を辞めてから、彼は資格取得に奮闘した。これまでの「整体師」から、国家資格を持つ「理学療法士」に。
理学療法士とは、ケガや病気などで、体に障がいのある人に対して、自立した日常生活が送れるよう支援する医学的リハビリテーションの専門職だ。

自分が生きていることで、何かできることはないか――。

何度も口を開けてみては、閉じる。

決意は固まった。

「誰もが、ありのままに生きられる医療現場を作りたい」

「世界を変える力はないけれど、俺がこの世に存在していることで、誰か一人でも、生きていてよかったと思ってもらえたら……」――と。

心臓病の理学療法士と精神科病院の現実

二〇〇三年。彼が理学療法士としての場を求め関西を去ってから、私たちのそれぞれの道は、交差することはなくなった。

そのことは、私を、またもとの「死にたい感情」へと引き戻した。

だから、私は、どうしようもなくなったとき、時折、彼のもとに電話をした。会えなくても、唯一の〝お兄ちゃん〟とのつながりを断ちたくなかった。

なんやかんや言いながら、私は、それでもどこかで生きる道をあきらめていなかったのだろう。

相反する感情を抱えながらも、彼の、「生きるんやで」の言葉をお守りみたいに。

夏。彼は、ガタゴト揺れる電車に乗っていた。田畑が彩る緑の絨毯《じゅうたん》の中を車両が突っ切っていく。車窓から見える、はるか彼方《かなた》には青々とした山が雄大にそびえたっていた。

二十歳まで生きられないと言われていた彼は、すでに三十歳を超えていた。ふと、その心臓に右手を当てる。

無人駅に降り立ち、長旅の疲れをいやすように、両腕を広げて大きく息を吸い込んだ。馬糞のにおいが彼を包む。

「俺は、今、生きてるんやなあ……」

くさいにおいに苦笑いで、生きてるからこそチャレンジできる、「これから」に思いをはせた。

その瞬間、ものすごい強さで風が吹きすさんだ。

背中を押されるように、今日のためにしつらえたスニーカーを踏み鳴らすと、彼は初出勤の職場に向かった。

彼が理学療法士になって最初に勤めた病院は、関東地方で有数の大きな精神科病院だったという。建て替えたばかりというだけあって、どこも清潔感があり、居心地の良い病院に思えた。

しかも、病院だけでなく、介護施設なども併設されていて、その数多くある建物を走り回ってリハビリをするのが彼の仕事だ。

精神科病院というと、若い患者もいそうなものだけど、彼が勤めたそこの患者の大半は、認知症のお年寄りだったことは意外だった。

そんな患者への対応と並行して、まだ理学療法士という資格を持った人間が少なかったこともあり、病院スタッフたちに理学療法士の仕事内容を理解してもらうところから始めなければならなかった。

それだけなら、よかった。

病院に入って何より戸惑ったのは、患者たちの扱いだった。

当時は患者の拘束は当たり前。経費削減のために冷暖房禁止。「熱中症は気合が足りない」などと、リハビリテーション以前に、人が気持ちよく生きていくのには、とても厳しい状況だった。

骨が見えているほどの床ずれをこしらえた患者たちが、山のようにいる。

「寝かせきりはいけません」

と、国からお達しを受けた病院は、朝一番に患者を車いすに乗せて拘束し、朝から晩まで廊下に出しておく。

次に、

「廊下に並べてはいけません。レクリエーションなどをやりましょう」

と、お達しが出れば、今度は大ホールに三十人ほどの患者を車いすに拘束して集め、申し訳程度の大きさのテレビの前に並べた。

二列目以降の人は、前列の人の後頭部しか見えない。両端の人は柱しか見えない。それでもテレビがついているのでレクリエーションなのだ。

おやつはと言えば、患者を五十人ずらりと並べて、バナナ二分の一個を机の上に、お皿にも乗せずポンポンと置いていく。患者たちは、目の前に置かれたバナナを、もそもそと取り上げて、施しでも受けるように、話もせずに口の中に入れていく。

オムツは一日三回交換と決まっていたので、「トイレに行きたい」と訴える患者がいても、「オムツはめてるんだから、そこでしたらいいでしょ!」と怒るありさま。

理学療法士の彼からすれば、尿意や便意がある人にオムツは害でしかない。ちゃんと一人でトイレに行けるようにするのが、理学療法士の役目だ。

「尿意がある人には、オムツをやめてもらってもいいでしょうか?」

と看護師や介護士に言うと、

「いいですよ。その代わり百人分のトイレ誘導とトイレ介助、あなたが一人で全部やってくれるんですよね」

と答えるのだった。

絶句するしかなかった。

理学療法士というものが、歓迎されていないのが痛いほどわかり、つらかった。

＊

『まるで、動物園や……』

久しぶりに電話をかけた私に、彼は、ショックを隠し切れないというふうに、そうこぼした。

＊

病院がそんな対応だから、患者たちは、当然、家に帰りたがった。

もちろん寝たきりの人たちには不可能だ。だけど、ふつうに動ける人たちは、「隙あらばここから出てやる！」と、虎視《こし》眈々《たんたん》と狙っていた。

チャンスは、面会時間だ。

病院の自動ドアは、病院スタッフがリモコンで操作しなければ開かない。そのため、自動ドアのあるフロアでは、病院を出たい患者たちが、いつもその時が来るのを待ちかまえていた。

たった一人でも、面会人の来る、その時を。

とはいえ、介護士たちも、患者を外に出すわけにはいかない。

面会人が来て、自動ドアを開ける瞬間に、猪突猛進でドアの向こうへと駆け込もうとする患者たちを若い介護士が命がけでタックルし、なんとか、面会人だけを中に入れる。

患者の中には、「ブルドーザー」とあだ名される、一〇〇キロ近くある巨漢や、強化ガラスをイスでたたき割ろうとする、別名「般若《はんにゃ》」と呼ばれる猛者たちが集まっていた。

間一髪、患者たちの伸ばした指が自動ドアのガラスに触れたところで無情にもドアは閉まる。患者たちは、悔しさのあまりドアを蹴りとばし、強化ガラスの鈍い音がホールに響いた。

毎日毎日、この攻防は繰り広げられるのだそうだ。

彼はというと、その時、ハエたたきを持って、漆黒のまるまると太ったハエたちと格闘中だった。

病院のすぐ近くには大きな馬小屋があり、そこから風に乗って大量のハエが、自動ドアが開くたび、病院の中に入ってくるのだ。

入ってくるぐらいなら、百歩譲って我慢できる。だけど、その大量のハエたちは、こともあろうか、寝たきりの患者の口の周りにたかるのだった。

ハエが止まるのは、一人でごはんが食べられない「食事介助組」の人たち。

なぜそんなことになるのかというと、その人たちは、時間のない介護士にスプーンでどろどろのミキサー食を無理やり口に突っ込まれ、それを放ったまま食事終了にされてしまう。

だから、食べ物が口の周りや衣服に、べっとりついている状態になり、ハエがその食べ物に集まってくるのだ。

そのため、彼は、リハビリを始める前に、寝たきりの人の顔を蒸しタオルできれいに拭き、衣服の汚れも拭きとる作業から入らなければならなかった。

頬や二の腕の肉はたるみ、どこに触れても青白い皮膚がくぼむだけで、弾力がなかった。

それでも、今、生きている命だ。

彼は、自分の大切な人にそうするように、ケアを行った。

だけど、一度、彼が服を着替えさせたら、「洗濯代がかかるから、家族からクレームがつく」と介護士長にこっぴどく叱られたことがあった。おいそれとは服を着替えさせることもできなかった。

＊

『自分のおかんが、こんな状態になってたら、いやちゃうんやろか……?!』

深夜の電話口で彼は憤る。そして、ハッとなったように、『おかんには、あかん』と、お決まりのダジャレを言ってのけた。

彼のダジャレのひねり出し具合で、その怒りの度合いが推し量れた。

彼は、自分への不当な扱いに腹を立てているのではない。患者を人間とも思わない対応に、やりきれなさを抱えていたのだ。

「患者をラクにするぞ」と息まいていた彼の中に、疑問といらだちが、日々、募っていっているのが痛いほどわかった。

『そんなんでも、その仕事を続けやなあかんのん?』

こらえきれず、私が口にした。虚を突かれたように、彼は一瞬黙ると、『あたりまえやろ』と答える。

私は、それが「患者を治す」という使命感からきていると思い込んだ。

だけど彼は、唐突にこうこぼした。

『俺からこれを取ったら、何が残るんや？』

『え？』

思いがけない言葉に、戸惑いながらも、「残るものなら何だってある」と言おうとする私を制すると、彼は笑った。

『そんなん、あかんやろ』

彼は、目の前の患者だけでなく、まるで消えていった多くの命に約束したかのようにつぶやくと、また笑った。

＊

もう一つ、彼が五十人の患者を一堂に収容できる巨大フロアでハエたたきを持っているのには理由があった。

患者はそこそこいるのに、看護、介護スタッフがフロアに誰もいないのだ。転倒、転落、横転。転び放題。

そのため、介護スタッフがいなくなる時間帯は、フロアでハエたたきをしながら見守ったり、リハビリをさせる必要があった。

リハビリとは、フロアに患者たちを集めて、こいのぼりを作ったり、七夕の短冊を作ったりするのだ。はたまた、編み物クラブや折り紙クラブなんて名前を付けて、集団で気の合う仲間と作業に勤しむ。

そんな中には、将棋クラブもあった。

だけど、部員はたったの三人。偶然にも、全員が第二次世界大戦の生き残りの元軍人たちのクラブだった。


部員の一人、八十九歳の猛さんは陸軍中野学校卒の軍人エリート。階級はかなり上の「中尉」だ。薄くなった頭に、白いひげをまばらに蓄えた、折れそうなほど細身の男性だった。

彼は、日中だけ施設に通う「通所リハビリ組」。だけど、施設にいる間中、戦争の話を、家宝を見せずにはいられないといったふうに、自慢げに繰り返す人だった。

ところが、家では、「何もできない寝たきりのボケ老人」として扱われていた。ごはんを食べることも、お風呂に入ることも、起きあがることすら億劫《おっくう》で、ずっと、ベッドに横になっているのだ。

だから体もガリガリ。家にいるときの猛さんは、ただ心だけが行き場を見失い、どこか沈んだ場所をさまよっているようだった。

彼は、根気強く猛さんに寄り添った。身の回りのお世話をはじめ、少しずつ、少しずつ、日常動作ができるようにまでしていった。はじめてアイスクリームをひとなめしてくれた時は、「すごいですよ！」と喜んで背を叩いた。

「何を大袈裟な。これくらい簡単だ」

と、猛さんは何でもないふりをしながら、かすかに頬をゆるめた。

猛さんは、彼に心を許し、リハビリ中も戦自慢に精を出した。

「わしは勲章をたくさんもらっているのだ。軍服は勲章だらけなのだ」

と、薄べったい胸を張る。

そこで彼は、リハビリをしながら、

「すごいやないですか！　一度拝んでみたいもんです。そうや、そんなにたくさん勲章もらってるんなら、次のクリスマス会で軍服着てきてくださいよ」

そう興味深げに言ってみた。リハビリをする上で、目標になると思ったのだ。すると猛さんは心底うれしそうに笑みを浮かべて、「承知した」と胸をたたいてくれた。

彼はスタッフたちに、クリスマス会の閉会の挨拶を猛さんにしてもらいたいと告げた。まだ施設と家とで揺れ動く猛さんに、安定した生きる気力をもってもらいたかった。

案の定、スタッフは猛反対した。

「患者さんに、そんなことさせられない」

「勝手なことを言って、責任もとれないくせに」

実際は、面倒くさかっただけだろう。彼が頑張れば頑張るほど、敵が多くなり嫌われていった。

それでも、彼は引かなかった。猛さんに自信を取り戻してもらいたい。そして、それを見たみんなにも、「ただ生かされる」のではなく、その人らしさをみつけてほしかった。

彼の力説に、スタッフたちは、しぶしぶ、すべての用意を彼がするということで承諾した。


クリスマス会が無事終了し、いよいよ猛さんの閉会の挨拶。やんややんやとはやし立てて壇上に上がってもらった。

心配がなかったといえば、うそになる。

だけど、自慢の軍服を着た猛さんは、壇上に上るなり、老人とは思えないほど、ぴんと胸を張った。そして、ホールの奥まで届くほど声を響かせ、堂々と言葉を繋いだ。まるで中尉時代がよみがえったかのように。

みんな、虚を突かれたように静まりかえる。今目の前にいる人が、自分たちと同じ患者であると信じられなかったのだろう。

やがて、ぱらぱらと拍手が起こり、それは次第に大きくなっていった。立てる者は立ち上がって、立てない者は車いすの上で、手が痛くなりそうなほどたたいた。

家では、「ボケ老人」扱いされている猛さんに――だ。

猛さんも照れくさそうに、だけど満足そうに、ふんと鼻を鳴らし、ますます胸を張った。

彼の心があたたまる。

困った人を困った状態として見るのではなく、その人の中にあるキラキラとしたものをみつけだすこと――

ほこりだらけの中の尊厳――

それが、彼流のリハビリテーションだった。

反面、二人目の部員、八十六歳の清さんは戦争でよほど嫌なことがあったのか、階級は教えてくれたけれど、それ以外、戦争の話は一切しなかった。何かを威嚇するように、いつも大きな目で他者をにらみつけ、眉間にしわをよせていた。

清さんは、家族に「捨てられた」人だ。

戦後の激動の時代を生き抜き、一代で会社を立ち上げて大きくした清さんは、子育ても厳しかった。絶対君主として家庭でも会社でもその地位を守り、会社の経営のことで息子とそりが合わず、犬猿の仲になっていたそうだ。

そんな中、清さんは脳梗塞《のうこうそく》を患い、半身麻痺となった。そのとき折れた前歯は、まだ入っていない。

これまでの行いから、清さんの味方になってくれる人は、誰もいなかった。資産家であるにもかかわらず、有料老人ホームではなく、ここに入れられたのも、そんな背景からだろう。

最初、清さんは誰かに手伝ってもらわなければ、車いすに乗ることすらできなかった。拘束ベルトはつけられていなかったけれど、ベッド上に、図らずも拘束されているような状態だ。

清さんは、認知症ではなく、ものごとの判別はしっかりとついていた。それだけに、今の境遇は地獄のような感覚だろう。

「人を人とも思わないような扱いをしてきた報いですよ」

清さんを施設に連れてきた息子は、苦々しげに目を背け、吐き捨てるように言った。そして、会いに来ることすらなかった。

彼は、清さんがショックを受けているのではと心配だった。だけど清さんは、車いすに必死で手を伸ばし、ぎょろりと目を動かすと言った。

「大丈夫だ。先生。自分にはできる。今まで、何度もこれ以上に苦しいことはあった」

実の子どもに捨てられる以上に苦しいことなんてないだろうに、そう繰り返してはしがみついた。

そんな精神力のたまものか、厳しいリハビリを乗り越え、やがて、ベッドから一人で起き上がって車いすに乗り、将棋クラブに顔を出せるまでになった。

はじめて、その夢がかなった時、清さんは、汗と鼻水と涙で濡れた顔を両手で覆った。

戦後の焼け野原から立ち上がるように、その横顔は、希望に満ちた覚悟に煌《きら》めいていた。

焼け野原にも、時が経てば、また緑は生える――。

最後の一人、クラブ最年少の勇一さんは、最下級の「二等兵」。将棋でいうなら「歩」だ。

この人は、八十代の男性ではとても珍しい、とにかく素直な人柄。いつもニコニコと笑顔で、人の良さが全身からにじみ出るような人だった。

勇一さんは、「半側空間無視」という症状を持っていた。左半分の世界がなくなってしまうのだ。右しか世界がない。左側が見えていないというのとは少し違う。左側の世界が「なくなる」のだ。

なので、少し歩いただけで、柱や机に体当たりしてしまう。

だから、勇一さんはいつも傷だらけのボクサーのように顔を腫らしていた。身長が一四〇センチ程と小さく体も痩せ型。いかにも弱そうなミニマム級ボクサーだ。

この人はすばらしかった。誰に対しても分け隔てなくニコニコ。

そしてすごい特技を持っていた。それは——

将棋が信じられないほど弱いのだ。

ふつう将棋が弱い人は将棋を指したがらない。なのに勇一さんは気持ちよく、将棋を指し続けてくれるのだという。

そんなふうだから、勇一さんは「勝ちたい症候群」の猛さんや清さんから絶大なる人気があった。

勇一さんは、とにかく負ける。こてんぱんに負けたおす。それもそのはず。左の世界がないのだ。左から駒が飛んで来たらひとたまりもない。

だけど、誘われると、目の下の涙袋にふっくらとしわを寄せて「いいよ」とほほ笑む。

そんな将棋クラブ。困ったことに、猛さんと清さんが、すこぶる仲が悪かった。猛さんはその階級もあって自慢したい。

一方、清さんは戦争の話は一切したくないほど、関わり合いたくない。

それでも、部員は三人しかいない。

ある日、勇一さんを巡って、猛さんと清さんのバトルが勃発した。

「わしと将棋を指すのだ」

「いや、俺だ！」

すると、勇一さんは困った顔で「それなら、みんなで将棋を指そう！」と一言。

思わず、三人の笑い声が重なった。

＊

『はじめて見る〝半側空間無視〟の治療を、俺は、ほんまに一生懸命やってん』

何度か電話してもつながらなかったその日、かけなおしてきてくれた電話口で、彼は今日もバーボンを飲んでいた。

晴れて成人した私も、その頃にはとんだ酒豪になっていて、二リットルある日本酒のパックから、直接グラスにそそいだ酒をなめる。

彼が関西を去って、私の精神バランスは、不安定の一途をたどっていた。

私は実家を出て、生きるために、心の病気を抱えながらもフリーランスで在宅ワークを始めた。ところが極度の緊張からストレスがたまり、酒量がどんどん増えていた。

飲まなければ、眠れなかった。

そんな私に、彼の声は、精神安定剤のように響いた。

電話の向こう、流しで、洗い終えた皿から滴《したた》り落ちる水の音が聞こえた。

私は、酔っ払うと、いつも半分テーブルにつっぷして、こぼした。

『にーちゃんの話、して』

親に子守唄をねだる子どものように。

彼は、慣れた口調で、いつものように話しはじめる。

『半年以上かかったけれど、勇一じいちゃんは、柱に顔面をぶつけなくなってん。顔のケガがみるみる減っていったわ』

『へえ！　すごい！』

それでも、勇一さんは、どれだけ治っても、将棋は弱いままだった。

ニコニコと笑いながら、

「ありゃあ、また負けた」

と、頭をかくのだ。それが勇一さんの魅力だった。

『そんな時やった。勇一じいちゃんに熱があるってことで、施設から、つながった病院へ移動することになったんは……』

＊

それから、一か月ほど勇一さんは施設に帰ってこなかった。

「肺炎にでもなったんかな？」と、彼は心配していた。

ある日のことだった。

リハビリ対応で呼ばれた系列病院の廊下に一歩足を踏み入れると、「あああー」と言う叫び声、「うーうー」と唸《うな》るような重低音の声で埋め尽くされていた。

「あっ先生。今日、入院してきた患者さんをお願いしたいんだけど」

と、看護師に呼び止められて、新規の患者の病室に案内されたという。

「ああああー」と狂気的な叫び声がどんどん近づいていく。

「ちょっと不安だな」と思っていたけれど、叫び声の病室――の隣の病室に案内された。

ほっと胸をなでおろす。叫び声の主が新規の患者だったら、どうやってリハビリしようかという心配が頭をかすめて途方に暮れていたからだ。

看護師に案内された患者は、四十分ほどリハビリをした。その後、彼は、施設に戻らなければならない。「じゃあ、また明日来ますね」と挨拶して病室を後にした。

リハビリをしている最中も、隣の部屋の物々しい絶叫は止むことがなかった。

通り過ぎざまに、何げなく叫んでいる人に目をやると、全身があわだった。

信じがたい光景が、彼の目に飛び込んできたのだ。

そこには一か月前、熱を出して入院した勇一さんがいた。

気が変になったように大声を上げていたのは、あの仏の二等兵だった。

どことなく面影はあるものの、いつもニコニコしていた勇一さんからは想像できない姿に変貌していた。

拘束ベルトを両手両足に着けられ、ベッドに張り付けられていた。

鬼のような恐ろしい顔をして、喉が切れんばかりに叫び声を上げ続けている。勇一さんの小さな体のどこにそんな力があるのだろうと思うぐらい、一心不乱に手足をばたつかせ、首や背をそらせて、大きなベッドを躍らせる。

縛ってあるベッド柵も、「ガチャン！　ガチャン！」と壊れんばかりに悲鳴を上げていた。

どうして――？

理性で止められない嗚咽《おえつ》がもれる。

勇一さん、あれだけ踏ん張って、「半側空間無視」のリハビリをしたのに。

頑張って柱にぶつからなくなったのに。

いつもニコニコしてたのに。

猛さんや清さんが、勇一さんの帰りを首を長くして待っているのに。

ほんの数か月前の笑顔の絶えない勇一さんの姿と、今の姿が彼の中で明滅する。

どうして、どうして、どうして――。

彼は廊下に立ちすくみ、溢れる涙をぬぐうのも忘れていた――。

「どういうことですか！　家に帰すって言うんですか！」

その日、カンファレンスルームで、怒号が上がった。

患者の在宅復帰の話し合いを、家族としていた時のことだ。

病院併設の介護老人保健施設、通称「老健」は、国の定めでは、病院に入院していた人が家に帰れるようになるよう、リハビリをするための施設である。彼が勤めていたうちの一つもそうだ。

しかしその実は、何年も入れない老人ホームの待機場所、行き場を失った認知症患者のたまり場と化していた。

彼は「こんなんはおかしい。在宅復帰を進めやな、中間施設の意味がない！」と、一人、息まいて仕事に取り組んでいた。

そこで、看護師長と介護士長に「在宅復帰を進めたいので、家族を呼んで欲しい」とお願いした。

七十六歳のはなさんは、穏やかで彼の出す課題を素直にこなしてくれていた。ふっくらとした顔は、まるで頬袋にどんぐりを入れたままのリスのように愛らしく、折り紙クラブで作った鶴を、毎日一羽ずつ彼にくれた。

その一羽一羽に「よしこ」「たろう」と名前をつけて。

外出練習をしたときも、終始、子どもや孫の自慢話をしたり、生い立ちを話してくれていた。歩行も、トイレも、お風呂も、差し当たってリハビリ的には文句のつけどころがない。

施設に入っていること自体が不思議だった。できるなら、大好きな自慢の家族たちと、また一緒に暮らしてもらいたい。

はなさんの家族は、娘が一人で来た。よそいきのかしこまった服を着て、ふっくらとした頬は、はなさんによく似ていた。

だけど、目の下には隠しようのないくまが浮き上がっていた。疲れているのか、腰掛けるときには伸ばしていた背筋も、少し時間が経つと、肩が落ちてくる。

彼は、はなさんの状態が家に十分帰れる身体能力であること、精神的にも落ち着いていることを、できるだけ穏やかな声でゆっくりと話した。

その途端のことだった。

はなさんの娘は、急に声を荒らげて叫んだ。

「母を家に帰すって言うんですか！　だったら、今から母と二人で身投げして死にます！あなた、責任取ってくれるんですか！」

と、彼を指差して言うのだった。

「いやいや、今すぐ帰れって言うことじゃなくって、今後のお話を……」

と、彼は思わぬ反応にへきえきしながら、それでもわかってもらえると信じて、説得にかかろうとした。

「死ぬまで面倒見てくれるって院長先生が言ってました！　お話しすることは何もありません。これで帰らせていただきます！」

と、はなさんの娘は、座っていたパイプイスを蹴り上げるようにして去っていった。

看護師長は、娘が帰ったのを確認して、

「ね、在宅復帰なんてどだい無理なのよ。どこも同じ。いくら先生が息巻いてもできっこないの。これでわかったでしょ。よけいなことして仕事を増やさないでください」

と、したり顔で言ってのけた。

そして、また、帰れない患者たちを、ここぞとばかりに邪険に扱う日々が続く。

＊

『なんで、この状態に、みんな疑問を抱かへんねん……』

バーボンをどれだけあおったのだろう。その日、彼は電話口で、珍しくろれつがまわらないほど酔っていた。ダジャレもない。

理不尽なことが、次から次へと押し寄せてくる。

彼の痛みは、優しいからこそ、人を愛しているからこそ、わきあがってきているものだった。患者の喜びも悲しみも、自分のことのように感じ取る。

『にーちゃんは、えらいなあ……』

お世辞じゃなく、そう思った。

当時、私は、どんどん心の病気が悪くなり、精神科病院を渡り歩いていた。行く病院ごとに、診断がまったく違う。

「うちでは手におえない」と匙《さじ》を投げられることもあれば、「病気じゃないので、病気になったら来てください」と門前払いをくらうこともあった。

やがて、私には、今まで自覚のあった「双極性障害」という、躁《そう》とうつを行き来する病気以外にも、「境界性パーソナリティ障害」という病名がついた。

感情のアップダウンが激しく、自傷や自殺未遂を繰り返す病気。世間では、「関わるな」「逃げろ」と言われるほど、やっかいな症状だった。

実際、私は、自傷行為を日々繰り返し、パートナーに暴力をふるい、たばこを飲み込み救急搬送されたり、ベランダから飛び降りようとするなど、何度も自殺未遂をした。いつ命をなくしていてもおかしくない生活だった。

医師も診たくなかったのだろう。どの病院でも、邪険に扱われた。

私は、病院というものを信じられず、苦しかった。いや、こんなに苦しい自分が、甘えていると自分を責めた。

だけど、彼は、そんな病院という体質の中で、必死で闘っている。

そうだ、彼はただ、怒っているのではない。

心底、悲しんでいるのだ――。

我が強いくせに、自分のことは気が付けば二の次。

〝ひどい扱いで生かされている人がいる〟

そんな他者の人生の不条理さに耐えきれないのが彼だった。

そういう医師と、私も出会いたかった。

彼は、電話口に聞こえるほど、ごくごくと喉を鳴らし、バーボンを飲み干すと、心を切り替えたように笑ってみせる。

『まあ、俺も大人やからな。ちゃんとやってるよ、ちゃんと！』

その声は、自信ありげな大きさとは裏腹に、痛いほど弱々しく響いた。

彼は、嘘をつくのが下手だ。

＊

そんな中、こんな心温まるできごともあった。

「また来てるよ」

女性スタッフが一組の男女を見て、ひそひそと話している。

八十四歳の絹江さんと、絹江さんのお見舞いに毎日のように来る男性。この二人を奇異の目で見る介護スタッフたちだ。

絹江さんは「仮面様顔貌《かめんようがんぼう》」という表情がなくなる症状を抱え、うつろな瞳をして、何をするわけでもなく、一日中廊下を歩き回っている。開いているのか閉じているのかわからない細い目には、何か映っているのだろうか。

さらに、認知症検査の結果、完全な認知症だった。

絹江さんには娘がいるけれど、面会に来るのはせいぜい、月に一回あればいいほうだ。

それでも、この絹江さん。面会者が娘以外にもう一人いた。先ほど話題に上った、年の頃なら、六十歳前後といったところだろうか、初老の男性。

少しこわもてだけれど、いつも、清潔に洗われたポロシャツを着て、角刈りの頭を丁寧に整えている。絹江さんが八十歳を優に超えているから、ともすれば親子ほど年が離れていた。

そうなのだ。この男性。絹江さんの子どもや親戚ではない。

つまり、「恋人」。

といっても、男性が一方的に絹江さんに恋をしていて、毎日会いに来ているといったほうがいいだろうか。

男性は昔、絹江さんと同じ職場で働いていた同僚だという。当時は絹江さんには夫がいて、男性からすれば憧れの女性だったのかもしれない。絹江さんの夫が何十年も前に亡くなったので、絹江さんは現在、未亡人。

憧れの女性が未亡人となり、家族の元を離れて施設暮らしを始めたのだから、誰にも遠慮することなく、男性は毎日絹江さんに会いに来ていた。

そんなある日、事件は突然起きた。

男性が「絹江さんを家に連れて帰る」と言い出したのだ。

一時帰宅。外泊。ではなく、一緒に暮らすと言う。

当然、施設側は大騒ぎ。キーパーソンである絹江さんの娘に慌てて連絡をした。

娘は、肩で息をしながら施設に駆け込んで来た。家事の最中だったのだろう。化粧もせずに、ひっつめた髪は白髪が目立っていた。

「あなた、いったいどういうつもりですか！」と娘が男性に詰め寄る。

男性は「こんな、監獄みたいなところに入れられて、絹江さんがかわいそうだ」と応戦した。

一部始終を見ていた彼は、心の中で激しく首を縦に振った。

男性の言葉が続く。

「月に一回会いに来るか来ないかの娘より、毎日絹江さんに会いに来ている私のほうが、家族としてふさわしい。だから、私が絹江さんを引き取る！」

と男性は、絹江さんの娘に言い放った。

「それは……！」

娘は目を逸らすように、胸元に視線を落とす。そして、看護師長や彼に助けを乞うように、「そんな、赤の他人がおかしいですよね。そんなの無理ですよね！」と同意を求めてきた。

師長はぎこちなく「さあ……」と、首をかしげる。

「母さんもどうするの？　その人のところに行くの？」

認知症でわけがわからなくなっている母親に、真っ当な質問を投げかける娘。

「母さん！」

声を荒らげる娘に、彼が、さすがに間に入ろうとしたその時、絹江さんは怒りまくっている娘を避けるように、そっと男性の背中に隠れた。

「母さん?!」

絹江さんは男性の後ろから出てこない。その態度に業を煮やした娘は、「もう！」と憤慨して、「もし母を連れて行っても、生活費は一切渡しませんから！」と捨て台詞を残して帰っていってしまった。

それから、ひと月程経って、絹江さんは恋人の男性とともに、施設を出ていった。

施設入所のほとんどの人が、死ななければ家に帰れない。生きて家の敷居をまたぐなんてことはほとんどない。それが、絹江さんは、その命を手にしたまま、在宅復帰をやってのけた。愛の力で。

彼の心が、幾月かぶりに、救われる。

絹江さんは、頭の先から足の先まで、すべて真新しい洋服に包まれ、帽子まで丁寧にかぶせてもらっての門出だった。

絹江さんは相変わらず無表情のままだったけれど、男性に手を引かれて、開かずの扉を一つ、また一つと出ていく姿は、どこか幸せそうな花嫁さんのようにも見えた。

そんなふうに、いつも、彼は日の前の患者たちに、自分の親に対するように、愛を持って心を砕いた。

ところが、そうではないスタッフが、あちらこちらにいた。

「早くしろよ！」

と、怒鳴りながら、車いすを蹴り上げて移動を促す介護士。

「何度言ったらわかるの！」

と、何もわからない認知症高齢者に怒号を浴びせる看護師。

「だ！か！ら！」

と、高度の難聴でまったく耳が聞こえない人に、大声で話しかけている介護士――。

内ももや脇の下など目立たないところにできる、らせん状のあざ。

患者に腹を立てた施設スタッフが、夜中の介助中に体の目立たない個所を思いっきり爪を立ててつねるのだ。するとこんなあざができあがる。

患者の体に刻まれた不自然なあざを見るたびに、彼は怒りに震え、血が逆流して、顔面が赤く染まっていくのが自分でもわかった。

彼がいくらその場で怒っても、らちがあかない。怒鳴れども騒げども、いつももみ消されてしまう。

それどころか、ますます疎《うと》まれ、嫌がらせを受ける。

「またか！」と憤慨するばかりで、患者のために何もできない。

無力な自分に幻滅した。

ある時、耐え切れなくなった彼は、医院長に意を決して直訴した。

「こんなんはおかしい！　患者さんを第一に、もっと丁寧に扱ってあげてください。虐待なんて、ありえへん！」

だけど、返ってきたのは信じられない言葉だった。

「そんな事実報告は聞いていない」

「ないものをただ吹聴しているに過ぎない」

「調査をする必要もなし」

「つけ上がるな」

——悔しかった。

医院長の胸ぐらをつかみそうになるのを、必死でこらえた。

彼は、患者を救いたくてここにいる。

医療従事者はみんなそうだと思っていた。

だけど、違う。違い過ぎたのだ。

脈々と続いてきた組織の体質をどうこうしようなど、一介の新人療法士の力でできるはずもなく、一人、壁をたたくしかなかった。

「俺は、何もできへんやないか……」

群れをなすハエとすれ違いながら、彼は薄汚れたスニーカーをならし、病院の扉を開ける。

今日も、あの日と同じ、強い風が吹いていた。

だけど、もう、彼の背を押してはくれなかった——。


「しあわせに人生を過ごす」とは何だろうと、時々考える。

好きなことに打ち込むこと？

愛する人と、ともにいること？

そうして、日々を紡いでいくこと？

私はまだ、自分の歳を重ねた姿が思い浮かばない。

「人間らしく、最期の時を迎えること」

それを、

「若いうちに、自分で、その方法を選ぶこと」

だと思ってしまっている。

それが、「自由」であり、
「自分らしい最期」なのだと。

だけど、もしも、ぼろぼろになった私に、
彼のように心を傾けてくれる人がいるのなら――
手を差し伸べ、
ともに笑顔を取り戻す手伝いを
してくれることがあるのなら――

老いぼれて、
昔の苦しみを、その意識なく美談に変えて、
生き続ける喜びも、もしかしたらあるのかもしれない。

生きていっていいのかな――と、思う。

こんな私でも、未来に手を伸ばしていいのかな、と。

私は、きっと「死にたい」と言いながら、

生きていける力が欲しいのだ。

「自分がいたことで、一体何が変わったんやろう……」

スタッフたちとの激闘に疲れ果てた彼は、約二年間過ごした病院を、肩を落として後にしたのだった。

心臓が、病気ではなく、痛かった——。

余命

「俺は、結局、逃げたんや……」

関西に戻って来てからも、満足にしゃべることができないほど、彼の心は動揺していた。

何もできなかった自分。

くやしい。

なさけない。

己の無力さに打ちのめされる。

夜中、スタッフたちにあざを付けられるお年寄りたちの夢を見て、何度も、目が覚めた。

そのたび、彼はベッドに座り込んで動けず、両手はお年寄りを支えた形のまま硬直していた。

それでも、仕事をしなければ生きていけない。

そして、自分には、リハビリ職しかない。

彼は、心の傷が癒えるのを待たずに、一人暮らしを始め、また新しい病院に勤めることにした。

そこでも、いろいろなことがあった。仕事は、もちろん大変だった。膨大な書類仕事。手におえない患者数。

しかも、それだけじゃなかった。結局、患者に対する扱いは、どの病院も似たり寄ったりなのだと思い知らされた。

つらかった。

それでも、もう二度と、この現実から目をそむけたくなかった。

やりきれない気持ちを抱えながらも、目の前の患者にだけは、真摯《しんし》に向き合った。ありったけの力を出して、少しでも、穏やかな余生を送れるようがむしゃらになった。

＊

『せっかく関西に戻ってきたんやし、久々に会おうよ』

私は電話で、ことあるごとに、彼をそう誘っていた。

その頃には、私も、信頼できる主治医と出会い、少しずつ少しずつ、心が安定に向かっていた。それでも、彼という精神安定剤が、私には必要だった。

だけど、彼の返事は、いつも同じだった。

『今は、忙しいねん』

野生動物が、弱りきった姿を隠すように、彼は、私を拒否し続けた。

＊

二〇一五年。そうしているうちに、気が付けば、十年以上の歳月が流れていた。長く勤めていたこともあり、彼は部長という肩書を与えられた。

介護支援専門員たちが集まる地域のリハビリテーション勉強会に講師として呼ばれたり、老人会や老人大学、家族会などから、講演依頼が入るようになったという。

「こんな自分でも、まだ求めてくれる人がいるんや……」

その思いは、彼のずたぼろになった心を、ほんの少しずつ繕ってくれた。

＊

『俺、鍼灸《しんきゅう》の学校に行こうかと思ってんねん』

彼は、唐突に言った。

私がしつこく電話し、『最近はどうなん？』と問い詰めた末、珍しく弾んだ彼の声が返ってきた。

『鍼灸？　なんで急に？』

今思えば、その頃、講演などが増えてきて、彼に自信を与えてくれていたのかもしれない。

『じいちゃんばあちゃんは、体を痛くしてる人や体調が悪い人が多いねん。リハビリだけじゃなく、鍼《はり》で内側からも治す。それができるようになったら、鬼に金棒やろ？』

久しぶりに前向きに見えた彼に、私はうれしくなる。

彼は言う。

『東洋医学はすごいで。何せ、中国四千年の歴史やからな』

『ふうん』

私は、学校に行く余裕があるなら、会ってくれてもいいのになあとひそかに思う。

彼は、今日もビールでも飲んでいるのだろう。ごくごくと喉を鳴らしながら、

『でも、俺が生まれた時から、中国四千年って、いつまでも、中国四千年やよな。四千一

年とか、四千四十年とか、いつアップグレードするんやろか』
久しぶりのくだらないしゃべりに、私は胸をなでおろした。

＊

とはいえ、そんな私の安堵《あんど》とは裏腹に、彼の心臓は年々、厳しい状況に陥っていたのだと後に知った。

再び、前向きに仕事に向かおうとしていたにもかかわらず、心臓の不具合――不整脈が起こるようになっていたのだ。

はじめて「おかしい」と自覚したのは、家でシャワーを浴びている時だった。

頭を洗っていると、突然、「ドクン」と心臓が吠えた瞬間、彼は立っていられなくなった。

息ができない。しかたなく、彼は裸のまま、風呂場で横たわった。シャワーのお湯が顔に当たって、ますます息ができない。

這《は》うように風呂場から出て、洗面所で顔を青くして心臓の猛《たけ》りが収まるのを、祈るようにして待った。

すると、ふいに、すっと息がしやすくなった。あれだけ脈打っていた心臓が、嘘のように落ち着いている。

怯《おび》えながら、慎重に身を起こした。なんともなかった。

今しがたのことが夢のようだ。

その日は、結局、何事もなく過ごすことができた。

次の日から、また起こると怖いので、そうっと仕事をした。とはいえ、たばこも吸うし、家に帰ればお酒も飲む。

何も起こらなかった。

「なんだ、心臓の気の迷いか。大丈夫やな！」

そうポジティブにとらえることにした。慌てても、怯えても、心臓を取り換えることができるわけでもないと、もう知っていたからだ。

それから、時折、同じような症状が所かまわず出現した。職場で。買い物中。家で食事をしているときに。

最初は、そんなに多くはなかった。年に一度か、半年に一度。だけど、次第に、三か月に一度になり、一か月に一度になり、月に数回へと頻度が上がっていった。

そんな時だった。定期検診で訪れた心臓の病院で、主治医は言った。

「心臓を構成する筋肉の動きが、止まってきてるねえ」

軽い口調。だけど、切羽詰まった告知だった。

止まったら最後、それは、死を意味する。

「で、でも、先月は、発作が起きたんですけど、今月は一回も発作が出なかったんですよ」

笑顔を向けながら、必死で、調子がよかったことをアピールする彼に、医師は「ああ、そう……」と険しい顔をする。

そして、言った。

「今日の血液検査の値が、あまりよくないんよね」

彼の心がざわつく。

「よくないって言っても、発作は起きてないし、まああってことですよね？」

彼は、少しでも検査結果を楽観視できるように聞いてみた。

だけど、医師は、「うーん」と、眉間に深いしわを寄せて、つぶやいた。

「独身で、一人暮らしか……」

「え？」

彼が顔をあげる。

すると、医師は唐突に、ダメ押しをした。

「心臓で孤独死ってこともあるから、誰かと一緒に住んだほうがいいかもしれないね……」

無防備なところで、ふいに奈落の底に突き落とされた。

最初は、医師の言っている意味がわからず、言葉をなくしていた彼だったけれど、理解が進むにつれ、急に不安がかきたてられた。

カンカン照りの太陽の下、帰路につく彼の心は、厚い雲で覆われたように暗かった。踏切待ちの車の中、目の前を通り過ぎる電車のゴオオという音が、彼の耳を通り抜け、腹までつんざく。

孤独死――。

そんなふうに言われるほどまで来ているのだろうか。

「きみの場合、今、生きているだけでも奇跡だから」

そう言い残した主治医の言葉が、頭の中でリフレインする。

テレビやインターネットでしか見たことのない「孤独死」という言葉が現実に迫ってくる。

死ぬことを考えると、胸が騒ぎ、その日は眠ることができなかった。

だけど――と考える。

彼は、施設でチューブだらけになって、苦しみながら最期の時を迎えた命を数多く見てきた。住み慣れた家で人知れず息を止めること。そのどちらが、しあわせな死なのだろう。

自然なタイミングでその時を受け止める――。

＊

『孤独死ちゃうねん。自由死って呼べば、もっとみんな、怖くなくなると思うねん』

性懲りもなくかけてくる私の電話に、彼は、少し酔っているのだろうか、むしろ明るく、そう言い張った。

『俺は、講演では、いつもそう言ってる』

私は、アルコールの飲み過ぎで体を壊し、もうお酒をやめていた。ノンアルコールビールを片手に、ない頭をめぐらせる。

『自殺を、尊厳死とかって、言うようなかんじ？』

私が言うと、彼は、少し声を曇らせる。

『なんや、おまえ、また死にたいと思ってるんか？』

私は、慌てて、

『ちゃうよ。ちゃんと、生きれてる』

と、笑ってみせた。

半分は本当で、半分はうそだった。心の病気に、「絶対の平安」なんてない。

『死にたくなったら、俺に言え』

彼は昔と同じように、私に告げた。

『わかった。にーちゃんも何かあったら、私に言えよ！』

そうふざけたふうに返すと、彼は苦笑し、『たのもしいな』と、満足そうに、だけど少しさみしげに言った。

私は、知らなかった。

その時、すでに彼は、体調不良から仕事も辞め、実家に戻ってきていたことを。

＊

実家で暮らし、彼は鍼灸の勉強にだけ勤しむ日々が続いていた。

そんな中、学校の仲間と飲み会をする機会があった。

彼が足を運ぶと、なんとそこには、ずっと昔、心臓の病院で一緒だった沖縄の真司くんのお見舞いに来ていた青年がいた。彼も年を重ね、今になって、新たな一歩を踏み出すところだった。

思い出話に花が咲き、彼は、お酒も普段より多く飲み、周りにつられてたばこを吸って、およそ心臓の調子が悪くなってきているとは思えない、久々の無茶の数々を楽しんだ。

千鳥足で家に帰り、夢見心地の中ベッドにもぐりこむと、気持ちよく寝息を立てた。

そして、翌日。目覚ましもかけず、心行くまで眠っていた。彼の部屋は日当たりが最高にいい。すずめたちが井戸端会議をし始めた頃、朝日に顔を焼かれて目が覚めた。

たばこをくわえる。何十年も続けていた習慣だった。お気に入りの一代目仮面ライダーの描かれたジッポライターで火をつけた。じじじ、と、たばこがさえずる。

彼は、味わうように、「ふー」と長い息を吐いた。

「会えてよかった……。真司くんは、あの時、たしかに生きてたんやなあ……。そして、今も、あの友人のどこかや、俺の心の中に生きてる」

そう昨日の感慨にふけっていた次の瞬間、「ドクン」と心臓が悲鳴を上げた。

いつもより強い。

それでも、少し寝ていたら落ち着くだろうと、たかをくくってベッドに体を横たえた。

だけど一向に心臓の猛りは収まる様子を見せなかった。

病院に行こうにも、一人では、運転はおろか、歩くこともままならない状態だった。

引きちぎられるかのごとく心臓が軋《きし》む。

呼吸困難は、いよいよ激しさを増していった。

息は荒く、はあはあと、心臓を鷲摑みされたような痛みはひどくなるばかりだ。

これまでとは、痛みの質も、深さも、まったく違った。

死ぬ——。

彼は、這いつくばるようにして、母親に電話をした。

「もしもし？」

「…………っ」

母親が電話に出たけれど、彼は声にならない。

着信を見た母親は、

「あきらか？　どないしたんや？」

「…………っ」

「あきら？　しんどいんか?!」

切羽詰まった声で尋ねてくる。

彼は遠のく意識で考える。

「死にそうだ」でも「病院に連れて行ってくれ」でも、今はもう遅い気がした。

彼は覚悟した。

自分を産んでくれた母親に、愛してくれた母親に、何か最後に言わなければいけない。

もう照れくさいだなんて思っていられなかった。

なんだ？

自分は、いったい、今、何を遺したいんだ？

考えても考えても、はあはあと息だけが漏れてくる。

彼は、痛みとさみしさで、頰に涙を伝わせると、絞り出すようにこう言った。

「おかん……俺、生まれてきて、よかったわ……」

ここまで生きられただけでも、しあわせだった。

つらいこともあったけれど、みんなのおかげで、楽しかった記憶は宝箱に詰めて、あの世に持ちきれないほどある。

「ありがとうな……産んでくれて……」

手のひらから、電話がこぼれ落ちる。

「あきら？　あきら！」
遠い電話口で、母親が叫んでいた。
その瞬間、突き破るような感情が、あふれ出した。
死にたくない――！
涙が口の中に入ってくる。
死にたくない。
死にたくない。
死にたくない。
昔、出会った仲間たちも、こんな思いで、この世を去ったのだろうか。
やりたいこと、会いたい人、かなわないまま、その命が尽きたのだろうか。
自分も、今から、そうなるのだろうか。
「まだ……生きたい……」
つぶやいて、そのまま、意識を失った。
目が覚めると、彼は、心臓の病院の中にいた。
何度も電気ショックを繰り返し、なんとか一命をとりとめたのだと、後に知った。

面会に来ていた家族が帰った後、彼は一人、ぼろぼろと涙をこぼした。

今日は、命は助かった。

だけど、明日は、どうなんだ？

あと、どれだけ生きられる？

残された時間に、それでも何かできるのか？

不安と恐怖に苛まれ、食事も喉を通らなかった。出された病院食に気持ちだけ箸をつけ、その手を下ろす。自分がこんなにも脆《もろ》いだなんて、認めたくなかった。

その時だった。

病室の入り口から、小学二年生くらいだろうか、男の子が一人、顔をのぞかせた。どうやら、病室を間違えたらしい。ここにいるということは、きっとこの子も、心臓を患っているのだろう。

「どうした？　迷子か？」

彼は、話しかける。

すると、男の子は、照れくさそうに相好《そうごう》を崩すと、

「おじちゃん、遊んで？」

と、人懐こい笑顔で、駆け寄ってきた。

かつて、「ゲームのお兄ちゃん」と呼ばれていたことを思い出す。そして、今、おじちゃんと呼ばれるまで、年を重ねることができたのだと。

胸が温まる。同時に、天使になっていった子どもたちのことを思った。

その男の子と、何代も新しくなった仮面ライダーのおもちゃで遊んだ。悪者になって、大げさに痛がり倒れるふりをすると、男の子は、きゃっきゃや、楽しそうに笑った。

その瞬間、ふいに、この言葉が脳裏に浮かんだ。

「小児リハビリテーション……」

今まで、お年寄りのリハビリリに心を砕いた。この経験を、今度は子どもたちに使うことができたら——。

天使になっていったあの子たちと、いつか会うとき、喜んでもらえるだろうか。

消えていった命たち。連絡が途絶え、会えなくなった命たち。だけど、自分は覚えている。

子どもだけじゃない。同じ年頃の人も、お年寄りも、好きな人も、困った人もいた。恨めしいほど歯がゆいこともあった。

それでも、これだけは言える。

今の自分は、そのすべてのかけらでできている。背中にかついで、奇跡的にも、まだ、この世界で息をしている。

「おじちゃん」と呼んでくれたその子と時間を重ねているうちに、彼の決心は急速に固まっていった。

「命に見切りをつけるには、まだ早すぎる」――。


やることが見えてくると、一転、お腹が猛烈にすいてきた。

元来、おとなしく入院なんてしていられないタイプの彼だ。自分を追い込むのは、一休み。力をつけようと、すぐ近くのラーメン屋に行くことにした。

吹き抜ける風が、彼の頬を心地よくなでる。自分の足で踏みしめるアスファルトは抱きとめるように堅く、またここに立てた奇跡に、すんと鼻をすすった。日差しは柔らかく、目に映るものたちに平等に降り注いでいた。

病院の敷地を出て、信号を渡ると、カーブになっていて病院が見えなくなる。

その瞬間だった。彼に異変が起きた。

心臓が締め付けられる。呼吸困難も襲ってきた。

恐ろしくなって、彼は急いで病院へと引き返した。

すると、不思議なことに、正面玄関が見えたとたんに、呼吸困難が嘘のように消えたのだ。

「あれ？　治った……？」

そうは思ったものの、もう一度、ラーメン屋を目指して歩いていく勇気はなかった。

無事退院することになり、母親が車で迎えに来てくれた。

自宅まで一時間ほど。車が南下して、足の長い鳥たちが水浴びする大きな川を越えた時のことだった。ラーメン屋に行った時と同じ、呼吸困難に見舞われた。

「どないしたん?!　危ないいんとちがうん！」

はあはあともだえる彼に、びっくりした母親は、慌てて病院へ車を走らせた。ところが、病院の建物が見えたとたん、彼を襲っていた呼吸困難がこともなげに終息した。

二人で首をかしげつつ、一応診てもらおうということで、引き続き、入院が決まった。

病院にいるとなんともない。

検査をしても、異常は出ない。

「もしかしたら……パニック障害の可能性があるかもしれませんね」

頭を悩ませた末、主治医が言った。

「パニック障害」とは、突然理由もなく、動悸や、めまい、窒息感といった発作を起こす

「心の病気」だ。

彼の場合、死を目前にしたショックが、この病気を引き起こしたのかもしれない。

彼は、「パニック障害」の患者を、今まで幾度となく診てきた。

だけど、まさか自分がなるなんて夢にも思っていなかった。

なぜなら、周りのみんなからも、心臓に毛が生えていると思われているような自分は、「心の病気」とは無縁だと勝手に決め込んでいたからだ。


そうして、その日から、彼の「パニック障害」との闘いが始まった。

電車に乗っていると、急に、倒れたあの時のように、「このまま死んじゃうんじゃないか」という恐怖が脳裏をよぎる。すると、それこそ死にそうなほどの苦しみが猛然と襲い掛かってきた。

座っていられなくなり、電車の床に寝転がって、嵐が過ぎ去るのをひたすら待つなんてことが何度もあった。それから電車恐怖症になり電車に乗れなくなった。

車の運転中にもたびたび起こった。高速道路に入ると、「今、不整脈が起きたらどうしよう。大事故になってしまう」という不安と恐怖がない交ぜになり、パニック発作を引き起こした。

道端でどうすることもできなくなったときは、家族に迎えに来てもらうしかなかった。

やがて、彼は、家から出られなくなった。

＊

『セリ、おまえは、パニック障害になったことはあるんか？』

珍しく、彼から私のもとへ電話が入ったのは、そんな時だった。

私は、詳しい事情を何もわからないまま、聞かれたことに答えた。

『二十代の頃、あったよ。バスも乗れなくなって、外に出られなくなった』

『知らんかった……』

『私も、それがパニック障害やったってわかったのは、あとからやってん。地獄みたいな日々やった。それで、しかたなく在宅の仕事に切り替えてん』

彼は、『そうか……』と、一言いうと、珍しく、私を頼るように、弱気に重ねた。

『病院には行ったんか？』

『うん、でも、あんまり意味はなかった』

『そうか』

『ひたすら、自分で治した』

それを聞いた彼は、『おまえ、すごいなあ』と、ため息を吐いた。

そして、つづけた。

『こんな、わけのわからんもんと、ずっと、つきあってきててんな……』

彼は、体の病気に対してはベテランもベテランだ。だけど、心の病気の当事者としては、そうではなかった。

『俺も、パニック障害みたいやねん』

驚いた。そして、明かしてくれたことに、少し救われた。ずっと、重荷でしかなかった自分の心の病気が、何かの役に立てるかもしれないと思ったのだ。

だけど、私は八つも年下で、とりたてて誇れる知識もなく、彼を支えるだけの何も持ち合わせていなかった。

彼が、ぽつりとこぼす。

『俺……、もう本当に死ぬって時に、ちゃんと、生ききったって胸を張れるんかなあ』

私は、彼の身の上に起こったできごとを知らなかった。だから、考えもなしに言った。

『人間ってさ……たぶん、ほとんどの人が、自分もいつかは死ぬってことを、忘れながら暮らすことができるねん。にーちゃんみたいに、生ききるとか、考えず。きっと、それが人間の持ってる、ちっぽけなしあわせなんとちゃうかなあ』

『忘れながら……か』

彼は苦笑する。

私は手のひらを返したようにつづけた。

『まあ、私らは、そのしあわせとは縁がないけどな』

彼が黙り込む。

しばらくの沈黙が、二人の間を流れた。

何が起こっているのか、わからない。だけど、今日の彼は、いつもと違った。

弱い――そんな、彼とはまるで縁のないと思っていた言葉が、電話口からにじみ出ている。

私は、彼を救いたかった。

だけど、ふつうの人ならできることが、こんな時なのに、私には何も思いつかない。

力になりたい。何か一つだけでも、できることが欲しい。

そうだ、私は、必要とされたい。

私がずっと探していたのは、自分が「生きていてもいい」と思える実感だった。

その時だった。

私は、はたと気づくと、ずっと、ずっと、飲み込んでいた思いを、勇気を出して口にした。

『にーちゃん、今度こそ、会おう』

『え?』

『それで、みんなで、また舞台をしよう』

＊

二〇一八年。答えを出せないまま、彼は指定された場所へ、家族に送ってもらい出かけた。市の施設の五階、鏡張りのダンススタジオだった。

彼が劇団を離れてから二十年以上が過ぎていた。

部屋に入ると、懐かしい面々が、ジャージ姿で、ストレッチをしている。「あ、あー」と、大きく口を開いて、発声練習に勤しむ者もいた。

その光景を見て、彼の中で、あせていた過去の思い出が、鮮やかな彩りを取り戻した。

時間も忘れて、夢中で芝居に打ち込んだ日々。

ばかをやって、騒ぎ、笑い転げた毎日。

まるで疑似家族のような、深いつながり――。

そんな仲間たちと、また一緒に何かができるのだと思うと、そして、離れていたのに、そんな自分に声をかけてくれたのだと思うと、うれしくて鼻の奥がつんとした。

だけど――と、考える。

ほんのこの間まで、何度も心臓が止まりかけて、死にそうになっていたという現実。

電気ショックを繰り返し、どうにかこうにか生きているという脆弱ぶり。

そして、これまた病院を退院してきてから、一か月も経っていないときている。

聞けば舞台本番は二年後だという。

そんな未来のことなんて、その時の彼にわかるはずもなかった。

考えたくはないけれど、最悪、心臓が止まっているかもしれない――。

「ごめん、みんな、聞いてくれ」

彼は、声をかけると、彼の病気のことを知らない仲間たちの前で、はじめて、自分の体のことを打ち明けた。

それまで、同情の目で見られたくなくて、話したことはなかった。

ふつうの、豪快な兄貴分でいたかった。

だけど、自分を求めてくれたみんなに、もう隠しごとはできない。

みんなは、驚きを隠せないようだった。それでも、出会った当初はまだ十代だった後輩の祥太くんは、身を乗り出して言った。

「アニキ、そんなん、関係ないですわ。アニキはアニキです」

みんなは、「ダブルキャストにして、万が一、直前にキャンセルになってもいい」とまで言った。センチメンタルな気持ちだけで、引き受けそうになる。

だけど、だからこそ、迷惑をかけたくなかった。

一緒にいる間ずっと、真剣に悩み、断腸の思いで誘いは断った。

舞台本番は、必ず観に行く。

それまでは、何が何でも生きるんだと心に誓って――。

帰り際、彼は私に聞いた。

「なんで突然、芝居なんて打つ気になってん」

「生きるために」

「え？」

「最近、生きるんが少ししんどくて……。みんなの顔を見て、一緒に、何にもならないことをやって、元気をもらいたかってん。私が唯一、永遠を願った時間やったから……」

「そうか……」

頷《うなず》くと彼は、もう一度、「そうか」と言って、昔のように、がははと笑った。

そして、言った。

「俺も、心臓にもパニックにも負けずに生きるわ。最後の最後まで、本当の自分らしく、駆け抜けてやる」


そうして、彼は、鍼灸師の資格も無事に取り、小児リハビリの道に踏み込んだ。その頃には、彼なりの方法で、自分の「パニック障害」も、リハビリをして乗り越えていた。

小児リハビリの病院に勤めるようになって、彼は驚きと感動の連続だったという。病院中が、「子どもたちを治したい」という気持ちであふれているのだ。

お年寄りの場合、お年寄りを「治そう」と思っている家族はまずいない。「家にいると面倒だから、施設で大人しくいてくれればいいだけ」なんて家族が大半なのが現実だった。

ところが、ここでは、みんなが味方なのだ。医師、看護師、保育士、家族。応援団が山のようにいた。

リハビリ室に燦然《さんぜん》と輝く最新医療機器の数々。治療のための道具には糸目をつけないという雰囲気が、施設全体に流れている。

ただ、そんな恵まれた状況に反して、ある種のショックも隠せなかった。

昔なら、クラスに一人や二人はいた「個性的な子」――たとえば、教室で暴れたり、授業中どこかへ行ってしまったり、はたまた、ほとんどしゃべらなかったり、その場の空気を読めなかったり――。

そんな、ちょっと独特の子、だけど、ふつうに、個性として扱われていた子たちが、今では、「学習障害」や「注意欠如・多動症」、「自閉スペクトラム症」、「アスペルガー症候群」など、「発達障害」や「グレーゾーン」などと名付けられ、障がい児扱いを受けていた。

＊

『昔の俺も、今で言えば、多動症やったんやろうけどなあ』

また、以前のように意味もなく電話をするようになった私に、彼は最近あった話を並べた。

『ああ、〝あっちゃーくん給食を食べる旅をする事件〟とかね』

穏やかな気持ちで私は笑う。

『それだけちゃうで。授業参観でも、授業中やのに、友達のおかんやおとん、からかっては、はしゃぎまわってたからなあ』

『おった、おった、そういう子』

何十年か前なら、「ふつうの子」で、悪くても「問題児」くらいだったものが、今は「障がい児」。それが、現実だった。

彼は、かつての病気仲間、マイコちゃんのことを思い出す。

ちぐはぐなふつう――。

『ふつう、と、ふつうじゃない、を分ける時代が、なんか、ちょっと……なんてゆうか、こわいわ』

彼はそう言うと、たばこをやめたガムを噛《か》む音を、電話口に響かせた。

私は言う。

『私は、ずっと、自分を〝ふつうにもなれないできそこない〟やと思っててん。でも、今は、ふつうってなんやろって思ってる。みんな違うし、みんな、ふつうで、ふつうちゃう』

『せやな』

『だから……ありのまま、わしゃわしゃしてあげたらええやん。にーちゃん、私にも、ずっとそうしてくれてたやん』

そばにいた時間も、離れていた時間も、あのわしゃわしゃの記憶は、私にとっての「生きていくリハビリ」だったのだ。

＊

その言葉をきっかけに、彼は、お年寄りたちにもそうしたように、一人一人の個性を大切にリハビリにあたった。

子どもたちは、彼の気持ちに応えてくれた。子どもにも尊厳はある。ワクワクしながら次のリハビリを楽しみにしてくれる子も、いやいやながらも仕方なくやってくれる子も、どの子もかわいかった。手を抜かずに全力で生きているところが愛おしかった。

お年寄りの場合、いくらでも寝たきりにならない方法はあるのに、どれだけ教えても、「もう死ぬからええんや！」と生きることを諦めてしまっている場合が多い。

その姿を見るのは、歯がゆくてしかたなかった。

だけど――と、思う。

そう言わせてしまっているのは、他でもない自分たちなんじゃないだろうか。お年寄りを「見切り」、この社会から追い出そうとしているのは。

もしかしたら、不幸にも病気になり、障害が残ったお年寄りの中に、「治療してほしい」「人生を取り戻したい」と望んでいる人がいるかもしれない。そう彼は思いめぐらすようになった。

そんな人たちが、彼の目の前に現れたときに、自分はやっぱり、治療がしたい。

子どもたちには、味方がいる。応援団がいる。

お年寄りたちにも、それが欲しい。

子どももお年寄りも、同じ命だ。

小児リハビリをする中で、そう強く感じるようになった。

いや、小児リハビリをしたからこそ、取り戻せた気持ちだった。

「もう一度、自分でトイレができるようになりたい人」

「もう一度、おしゃれを楽しみたい人」

「もう一度、行きつけのスナックで一杯やりたい人」

「もう一度、パートナーとデートに行きたい人」

本気で「もう一度」「もう一度」と願うお年寄りたちのために、彼は、「もう一度」、命の終末期の在り方に向き合おうと決意した。

子どももお年寄りも、命が尽きるその時まで、みんな、みんな、笑っていてほしい。

思えば何度も危機はあった。

いつ止まってもおかしくない心臓だった。

だけど、二十歳までの命だったはずの少年は、五十歳を目前にして、今なお、生き長らえている。

結果的に子どもの頃、両親が流してくれた大量の涙は水の泡となった。

両親にとっても、彼にとっても、嬉しい誤算。


彼は、思い出す。

小さい頃出会った、一本の絹糸のように、か細く心許ない命綱を必死で握りしめて、健気に生きる、病気を患う子どもたち。

生きたいと心底願っても叶わず、わずかな命の灯火がついえて天使になっていった子どもたち。

青春時代のすべてを、病院で過ごしていたルームメイト。

人としての尊厳すら脅かされながらも、それでも、生きるしかなかったお年寄りたち――。

そんな思い出すのもつらい記憶も含めて、たくさんの思い出と共に、彼は生きている。

いや、生かしてもらっている。

手に入れたもの、自分がこれからなくすかもしれないもの、そして、なくしたくないもの——。そのすべてに、守られながら。

＊

『……俺、酔っ払ってるから、言うけどどやあ……』

深夜三時。私は、抱き枕を片手に半分眠りながら、今日も帰りが遅くなったという彼と、長い長い電話をしていた。

『どれだけ飲んだん？』

心配になって、私が聞くと、『最近は、ひかえてるで。おまえらの芝居、観に行くためにな』と、得意げに笑う。

彼は、薄いバーボンの氷を指でかき混ぜると、とりとめもなく語り始めた。

『俺は、なんでもない人間なんよ』

どういうことなのかと、私は耳を澄ます。

彼は、ふっと軽く息を吐くと、つづけた。

自分は何かができる人間なのではないかと思いこんでいたお気楽な時期ははやてのように過ぎ去り、たいしたことは何もできない自分に気づく。

こんなはずじゃなかったと、幾度となく嘆く人生。

あの時、ああしておけばよかった、こうしておけばよかったと、変えようもない過去を悔やむ毎日。

きらびやかでも、華やかでもない、何の変哲もない日常。


それでも――

目が覚めて、両手両足をいっぱいに広げて、朝日を浴びるだけでしあわせに満たされる。

息ができる喜び。

食べることができる喜び。

すやすやと眠れる喜び。

家族が元気でいてくれる喜び。

友がいる喜び。

この世は喜びにあふれている。

『それで、おまえを思い出してん』

『どういうこと？』

心の病気を抱え、死を渇望しながらも、気が付けば、私も三十代を終えようとしていること。

そして、いまなお、舞台を打とうとまで考えている。

止まりそうになり続けている彼にとっての心臓のように、今にも断たれそうな「心」を、なんとか動かそうともがいているのだろう、と。

暗闇の中で、彼の声だけが広がっていく。

『えらいな、おまえ』

改まって言われると、照れくさくなる。

私に、それを教えてくれたのは、他の誰でもない、彼なのに。

電話口で、カランという氷の音が聞こえる。

『俺は、今まで、いろんな死にそうな人間と会ってきた』

『うん』

『俺自身も、死にかけた』

『うん』
『〝死の恐怖〟を抱えていることは特別なことやと思ってて、なんでか、みんなには言われへんかった』
『そうなんや……』
『でも、死ぬってことは、特別なこととちゃうねんな』
『どういうこと?』
彼は、こくんと、喉を鳴らすと言った。
『今、ただ生きてる。どんな人でも、そっちのほうが特別なんや』
重い病気を抱えても、
訪れる死を恐れても、
死にたい気持ちに襲われても――
病院に入退院を繰り返していたとしても、
ガラスをたたき割るほど、家族と会いたくないとしても、
家族に見捨てられ、一人、車イス生活になったとしても、
ベッドに縛られ咆哮《ほうこう》していたとしても――
私たちの心臓は、息をしようと脈を打つ。

それは、あたりまえではなく、奇跡だ。

両目の奥が熱を孕《はら》む。
私の左目から流れた涙が、ゆっくり頬を伝った。
気づいたのか、彼の声音が優しく優しくなろうとする。
『生ききるんやでえ……』
彼は、ろれつのあやしくなった口調でつぶやいた。
『うん……』
私は、鼻水をたらしながら、何度もうなずく。
『俺も、生ききってみせるからなあ！』
『うん、うん……』

隣近所から苦情がくるんじゃないかというくらい、彼は、幾度も幾度も繰り返した。
生きられるかどうかわからないと言われていた彼が、死にたいと嘆き続けていた私に、
今日も見えない手のひらで、頭をなでる。
生きろ。生きろ。生きろ。生きろ――と。

『おまえは、大丈夫や』

彼は言う。

それは、私にとっての、長い長い、余命宣告だ。

生まれたばかり、ほんの少しも出なかった声を、彼は今、目一杯はりあげて、笑いながら、生きていく。

そして、明日も、誰かを、生かす。

エピローグ

二〇二〇年。死にかけたと聞いて、さんざん私を泣かせた彼は、舞台公演当日、死にかけの「し」の字もないくらいの満面の笑顔で、劇場にやってきた。むしろ太っただろうか。顔には出さず、私は胸をなでおろす。

彼は、会っていない間に、ＩＣＤという、救命装置を心臓に埋め込む手術をしたのだという。これで、気を失うほどの不整脈にも対応できるようになった。

公演を終え、楽屋で、ささやかな打ち上げをした。

相変わらず「しょーがない」彼は、倒れたと言っていたくせに、いきなり発泡酒を飲みはじめ、差し入れにもらった赤ワインを、自分専用のようにかたわらに置いて紙コップになみなみ注ぐ。

「また、死ぬよ！」と怒りたいけれど、久しぶりの仲間との時間が、それだけ楽しかったのだろう。ひとしきり笑って、語りだした。

「次は、また別の病院に勤めて、新しいリハビリ技術を学んでくるねん」

聞けば、熊本、東京、名古屋の、三都県をまわるらしい。

そのエネルギーはどこからわいてくるのか。心の病気を患い、うつで寝たきりの時間の多い私は、いつも不思議でたまらない。

だけど、思う。

かいかぶりすぎな気もするけれど、彼は、自分に残された時間がいつ終わるかわからないことを知っているからこそ、泳いでいなければ死んでしまう魚のように、大急ぎで命を助けようとするのではないだろうか。

こんなやっかいな私にも、ことあるごとに、手を差し伸べてくれるように。

ワインを飲み干し、チューハイのプルトップを開けながら、彼はふと宙を見る。そして、ろれつの回らない口調で言うのだ。

「あいつら、どうしてるかなあ……」

これまでの病院で出会った、個性豊かな「愛おしき、しょーがない」命たち。

彼がもう何度も話した話を繰り返し、私は、また泣き笑いしてしまう。


もしも、いつか――

それは、できれば、遠い遠い先であってほしいのだけど、もしも彼がこの世を旅立つとき、私はきっと、彼が今まで出会った「愛おしき人たち」のことを、思い出すだろう。青白くなっていく彼の顔よりも、あの時、がははと笑っていた彼の表情を、胸に抱くはずだ。

涙なんかより、彼の心に沁み込んだ笑顔の思い出話のほうが、彼が生きぬいた証《あかし》にふさわしい。

それからしばらく時が過ぎて、私は、また、うつで倒れた。私は完全に我をなくしていて、またしょうこりもなく「死にたい」と泣いていた。

私は、彼に弱音を吐く。

すると、死の痛みをその心に抱えているだろうに、彼は嫌な顔一つせず、のんきに言った。

「そうさなあ。桜。桜を見に行ってき！　お弁当作らんでもいいから、弁当屋で買って行き！」

思いつめていた私は、「そんな余裕あるか」と半ば怒りながら、しぶしぶ言われたとおり、外に出た。知らないうちに、足元に、たんぽぽが咲いている。吹く風は花の香りを運んできて、私の長い髪を優しくゆすった。

ちくわののったのり弁を買って、近所の小さな桜の根元に、ピクニックシートを敷いて座った。ぐうと、幾日かぶりに、お腹が鳴る。つゆをかけたのり弁は、予想に反して美味しかった。

買ってきたコンビニのコーヒーをずずずと、すする。サッカーボールがはねる音が遠くに聞こえ、子どもたちが嬌声を上げている。

のり弁のにおいにつられてなのか、ハエまでも飛んできた。ふと、ハエたたきを振り回していた、彼の姿を思い出した。

生きている。

短くても、長くても、死にたくても、情けなくても、命はみんな、生ききる時間をもらっているのだ。

私の人生は、そして、彼の人生は、けっして平坦なだけのものではなかっただろう。だけど、しがみついていたから、互いと出会えた。

私が、命を投げ出しそうになるたび、彼はスーパーマンのように現れて、ぐしゃぐしゃになるほど、今にも孤独で消えそうな頭を、「ここにいるぞ」となでまわした。きっと、永遠に消えない髪癖がついているだろう、そのぬくもりとともに、私は生きる。

十年先も、二十年先も、よぼよぼのおばあちゃんになっても。

体のあちこちを痛くして、いろんなことを忘れても、それでも、私は生きてゆく。

そして、いつの日か、「生ききったね」と、お返しに彼の頭を、ぐっしゃぐしゃになでまわしたい。

おわりに――私の家族のこと

「誕生日おめでとう！　でも、今日、出版社さんとの打ち合わせで東京に行くから、一緒に食事できないんだ。ごめんね。また必ずね！」

新幹線の中、私は、父親にメールを送った。

私が、独立してから二十年。私は、父親と驚くほど仲良くしている。

きっかけは、私が三十歳になった時のＮＨＫの福祉番組の出演だ。そこで、私は性依存だったことを明かし、父親から受けた過去の精神的虐待についても触れた。

どんなふうに思われるのか、親子の縁を切られてもおかしくないと覚悟していたら、父親は「どんなセリでも、セリはセリだ」と、受け入れてくれた。

私の書籍に書く、父親の昔のひどい行いを父親はすべて読み、それでも、応援し続けてくれる。そして、ことあるごとに、食事に誘ってくれたり、自分で漬けた梅酒をくれたり、罪滅ぼしをするかのように、私とつながろうとしている。

ある夕暮れ時だった。私はパートナーとともに、父親の車で家まで送ってもらっていた。ともに食事をした帰りのことだ。

父親は、まるでフロントガラスをにらむようにハンドルをにぎりしめ、ふいに言った。

「親がこんなんやのに、おまえは、いい子に育ったなあ……」

その一言を聞いて、私は、今にも涙があふれ出しそうになった。必死で飲み込み、金色に輝くビル群に目をやる。

ずっと、欲しかった父親からの肯定の言葉。

そして、言いたかった。

「お父さんも、いろいろあったけど、いいお父さんだったよ」

「私は、お父さんに愛されたかったよ」

「お父さんが大好きだったよ」

私は、かつて父を憎んでいたと思っていた。

だけど、違う。

本当は、愛が欲しくてしかたなかったのだ。

そして、それは、今、たしかに、手に入った。

この歳になって、私は、ようやく不器用だった父親の愛を知った。

母親とは、友達同士のようなつきあいだ。

父親とは熟年離婚をし、陶器で人形を作る作家として身を立てるようになった母親を、弱いだけだと思っていた私は、人として見直した。

それから、母親は、創作というものに心血を注ぎ、私の著作のよきアドバイザーでもある。

女同士、時にケンカをしながら（ほとんどは、私の一方的な怒りなのだけど）なかなかうまくやっている。


弟は、結婚をした。

大阪から遠く離れた土地で、ふうてんの私とは真逆のちゃんとした社会人として活躍している。

その上、インターネットで募った仲間たちとアカペラグループを作り、定期的に公演を開催している。そんな姿は、舞台を打とうと舵を取った自分と重なり、やっぱり姉弟だなあと感慨深くなるのだ。

それでも、父親とはわだかまりを抱えているようで、結婚したことはおろか、住まいすら教えていない。

あんなにも愛されていても――いや、だからこそなのだろうか――、いつの間にかできてしまったほころびを、直すのは一朝一夕ではいかないのだろう。

ふいに思う。

もしも大きな地震がこの地に起こったとき、きっと私の家族たちは、誰も、それぞれの安否を確認することはないのだろう。

だから――

私は、父親が無事だとわかったら、安否報告の連絡先に、父親の無事を吹き込もうと思う。

母親が無事なら、母親の無事を。

弟が無事なら、弟を。

かつて、かすがいにはなれなかった私だけど、せめて、かけはしになれたらと願う。

ばらばらになった今、私は、昔よりずっと、あの頃、喉から手が出るほど欲しかった「家族」を感じている。

付記

本書は、実話をもとにした物語ですが、人物が特定できないよう、登場する人物は「私」と「彼」以外仮名とし、一部、事実関係を変えています。

また、執筆にあたり、「彼」である、郷馬あきらさんには、コロナ禍でなかなか会えない中、真夜中まで起こし続けて電話で取材をしたり、「観たいアニメ番組がたまっている！」と彼が文句を言ったりしても、「観るな！　はやく、私が聞いていない話で、経験したことの詳細を文章にまとめてよこせ」と、せっついてきました。

ぶつぶつ言いながらも、遅筆な彼とは思えないほどのスピードで体験談を書き、協力してくれて、ありがとうございました。

そして、この本を愛情をもって一緒に作り上げてくださった、さくら舎の古屋さん、戸塚さん、心から感謝いたします。

また、書きあがった原稿を読んでアドバイスをくれた、母・可南さん、パートナーの和臣さん、芝居仲間のＯＴＡＣＲＥＡＭ・藤野さん、心強かったです。

最後に、この本を手に取ってくださった方へ。
もしかしたら、生きることがつらい日もあるかもしれません。
命を投げ出したくなるほどの夜もあるかもしれません。
でも、こんな私たちが、今日も笑って生きています。
どうか、今日一日、明日一日……一緒に生きていければ、しあわせです。
読んでいただき、本当にありがとうございました。

郷馬あきらさん他、芝居仲間と久しぶりに会って騒いだ、その夜に

咲セリ

著者略歴

一九七九年生まれ。思春期の頃から自傷、自殺念慮、依存に苦しみ、強迫性障害、境界性パーソナリティ障害、双極性障害などを抱える。二〇〇四年、不治の病を抱える猫と出会い、「命は生きているだけで愛おしい」というメッセージを受け取る。以来、在宅ＷＥＢデザインの仕事をする傍ら、ＮＨＫ福祉番組に出演したり、全国で講演活動などをしている。

主な著書に、『死にたいままで生きています。』、精神科医・岡田尊司氏との共著『絆の病 境界性パーソナリティ障害の克服』（以上、ポプラ社）、『それでも人を信じた猫 黒猫みつきの１８０日』（ＫＡＤＯＫＡＷＡ）、『「死にたい」の根っこには自己否定感がありました。』（ミネルヴァ書房）などがある。

生《い》きたい彼《かれ》 死《し》にたい私《わたし》

——響《ひび》き合《あ》う二《ふた》つの命《いのち》

二〇二一年一一月六日 第一刷発行

著者 咲《さき》 セリ

発行者 古屋信吾

発行所 株式会社さくら舎 http://www.sakurasha.com

東京都千代田区富士見一-二-一一 〒一〇二-〇〇七一

電話 営業 〇三-五二一一-六五三三 ＦＡＸ 〇三-五二一一-六四八一

編集 〇三-五二一一-六四八〇

振替 〇〇一九〇-八-四〇二〇六〇

装丁 アルビレオ

印刷・製本 中央精版印刷株式会社

ISBN978-4-86581-318-0